작별

이어령 유고집

BM (주)도서출판 성안당

마지막 인사말

오늘 나는 여러분과 함께 한 세상을 살아왔고 한 시대를 지내온 사람으로서 마지막, 여러분과 헤어지는 인사말을 하려고 합니다. 누구나 다 떠나죠. 그러나 한 사람 한 사람의 기억 속에서 우리는 남이 아닙니다. 내가 모르는 사람들, 그분들이 나를 모른다 할지라도 우리는 같은 공기를 마시고 같은 땅에서 한 시대를 살아왔어요. 개인의 경험을 넘어서서 함께 나누어 생각나는 집합 기억이라는 것이 있고, 그리고 그 시대를 살아온, 같이 마음을 나누었던 것들이 있습니다. 그 이야기들이 여러분과 헤어지는 인사말이 되고, 내가 없는 이 땅에 태어날

•

미래의 생명들에게 전하는 그런 말이 되었으면 합니다. 이를테면 미래를 향한 작은, 나의 유언과도 같은 것이죠.
사실 내가 없는 세상에도 역시 저녁이면 우리가 개밥바라기라고 불렀던 명성, 금성이 저녁 하늘에 뜰 겁니다. 그리고 그 금성이 동쪽으로 가서 샛별이 되고, 그 샛별이 질 무렵에는 해가 뜰 겁니다. 그리고 매일, 우리가 매일 경험하는 것처럼 해 뜨기 전에 아마도 신문이 배달되겠죠.
내가 없는 세상에도 역시 이렇게 저녁에 별이 뜨고 아침에 해가 뜨고 늘 보는 뉴스가 전해지겠지만, 그것은 어제의 그것과는 아주 다를 거라고 생각합니다. 내가 지나가던 길목에서 보던 놀이터에서도 여전히 그네를 타고 아이들이 웃음 짓는 소리가 들릴 겁니다. 그러나 그것은 어제의 웃음소리가 아닙니다. 내가 없는 세상에 전해지는 그 뉴스가 어제의 뉴스가 아니듯, 그 별이 어제의 것이 아니듯, 새로운 세상이 올 겁니다.
그렇게 생각하면 참 허망하죠. 여기까지구나, 하는 생각이 들 겁니다. 그러나 절망하기에는 이릅니다.
나는 어렸을 때, 여러분도 마찬가지겠지만, 몽당연필로 처음 글 쓰는 법을 배웠습니다. 세 살 때 배운 우리 한국말로 이 한국 땅에서 우리의 글자를 배우고 그것을 죽는 날까지 써왔습니다. 말과 글에 담긴 나의 생각과 마음은 나 혼자만의 것이 아닙니다. 여러분과 함께 생각해온 그 모든 기억이 그 말과 글 속에 담겨 있습니다. 어떤 세월도, 어떤 공간도 우리가 남기는 이 말과 글의 의미를 멸망시킬 수는 없습니다.
훌륭한 사원이라 할지라도 기둥은 무너집니다. 아무리 큰 도시를 만들어도 폼페이처럼 그것은 사라질 수 있습니다. 그러나 모든 것이 사라져도 몇천 년 전의 그 한국말, 몇만 년 전의 우리 한국말, 그리고 세종대왕께서 창제해주신 그 한글로 쓰인 글들은, 결코 이 세상에서 사라지지 않습니다. 이것이 여러분과 헤어지면서도 나에게는 마지막 일환이 되는, 내 마음속에 희망이 되는, 내가 없는 세상에도 내가 남길 것이 있다는 것을 느끼게 되는 이유입니다.
잘 아시죠? DNA라는 것이 있습니다. 모든 한국인이 가지고 있는 유전인자 속에는 DNA라고 하는 화학 성분들이 있습니다. 화학 기본 물질이지요. 보통 AGCT라고 그래요. 서양에서 온 화학 용어이기 때문에 굉장히 낯섭니다. 우리 몸 안에 있는, 몇만 년 동안 우리 세포 속에 기록된 하나의 암호 같은

•

것입니다. A의 아데닌Adenine, G의 구아닌Guanine, C의 시토신Cytosine, T의 티민Thymine, 이 네 가지 것이 서로 얽히고 나선형으로 꼬여가면서, 이렇게 저렇게 조합되면서 백과사전 수만 권에 이르는 어마어마한 양의 정보가 우리 몸속에 기억됩니다.

우리의 할아버지, 할아버지의 할아버지들이 경험했던 그 많은 이야기가 내 세포 속에 전해지고, 또 내가 경험한 것들이 이 AGCT라고 하는 네 가지 글자, 네 가지 DNA를 거쳐 내 자손들, 내 피를 이어받은 후손들에게 남게 되는 겁니다. 유전자가 남게 되는 겁니다. 우리가 세상을 떠나도 남겨진 AGCT가 서로 짝을 이루면서 만들어낸 이야기들은 후세, 인간이 존재하는 한 계속됩니다. 과학자들에 의하면 36억 년 전부터 내려오는 그 신비한 생명체가 기억하는 물고기였던 시절, 도마뱀이었던 시절, 하나의 포유류로서 살았던 시절, 그 모든 기억이 내 몸속에 있고 내 몸속에 있는 유전자들이 후세에 전해지는 겁니다.

죽음은 끝이 아니라는 거죠. 이 생물학적 유전자와 마찬가지로 우리가 남긴 말과 글 속에도, 우리가 사용하고 있는, 아침

저녁으로 쓰고 있는 말과 글 속에도 똑같이 문화 유전자가 숨어 있습니다. 우리가 이 세상을 떠나도 우리가 남긴 말, 가장 중요한 몇 가지 말들은 마치 AGCT처럼 서로 얽히고 결합되면서 내가 없는 세상, 우리가 없는 그 세상에도 우리의 이야기를 전달해간다는 것이죠.

오늘 나는 그 이야기를 하렵니다. 우리 DNA의 네 가지 화학 기본 물질처럼 언어로 내 평생을, 우리가 겪은 이 시대를 나타낼 수 있는 소위 키워드, DNA 같은 말들에는 무엇이 있을까요? 내가 읽은 그 많은 책, 내가 들은 그 많은 노래, 그 모든 것을 찾아보고 그 안에서 몇 개의 단어를 추려봐라, 그것도 나 혼자 경험한 것이 아니라 우리 모두가 나를 기준으로 할 때 80 평생, 한 세기 100년에 가까운 개화기부터 내려온 그러한 우리 역사를, 우리 생활을, 공동으로 경험했던 것을, 너의 이야기가 됐든 나의 이야기가 됐든 그 이야기를 몇 가지 단어로 추려봐라. 하시겠습니까? 어렵죠. 나한테도 참 어려운 문제입니다.

우리가 늙어 죽음을 앞뒀을 때, 돌아간다고 하지 않습니까? 돌아간다고. 우리는 먼저 어린 시절로 돌아갑니다. 귀빠진

•

날, 어머니와 함께 우리는 고통 속에서 이 세상에 태어났습니다. 그 귀빠지는 아픔, 기억 없는 어린 시절 나의 출생, 거기로 돌아가는 것입니다. 내 기억 속에, 아주 어렸을 때로 돌아가고 돌아갔을 때 문득 들려오는 노래 하나가 있습니다. 나 자신도 놀랍습니다. 고상한 노래가 아닙니다. 철학적인, 무슨 엄청난 노래도 아닙니다. 지금도 어린아이들이 부르는 구전동요, 원숭이 엉덩이는 빨개…….

사람들은 이걸 언어의 폭력이라고 그럽니다. 왜 그럴까요? 원숭이에서 백두산에 오기까지 논리적인 근거나 자유연상의 이미지가 이어지는 것들이 제멋대로라고, 그래서 이걸 논리의 폭력이라고 합니다. 사실 우리 모두 어렸을 때 한 번쯤 이 노래 불러본 적 있을 테지만, 생각해보면 정말 황당합니다.

아, 원숭이의 엉덩이. 하고많은 원숭이 중 왜 엉덩이일까요? 원숭이 엉덩이는 빨개. 그 빨간 것이 하고많은 빨간 것 가운데 왜 사과입니까? 맛있는 사과, 사과 맛있어. 맛있는 게 하나둘이 아닌데 왜 바나나입니까? 설명이 안 돼요. 그리고 또 갑작스레 길면 바나나, 바나나는 길어, 길면 기차가 나오네요, 기차가. 그러다가 또 기차는 빨라, 하더니 빠른 게 옛날엔 뭐 토끼라고도 했어요. 내가 어렸을 때는 토끼로 이어지는 노래도 있었어요. 빠르면 토끼. 토끼는 하얘. 하야면 설탕. 뭐 이런 식으로 불렀지요. 그런데 오늘날 전해지는 버전은 빠르면 기차, 입니다. 그리고 기차는 길고, 빠르다. 빠른 게 뭐냐? 비행기입니다. 비행기는 높아. 높으면 백두산. 이렇게 이어져갑니다.
그러니까 원숭이부터 백두산까지 어떤 맥락도 없어요. 그런데 내가 오늘 귀중한 시간을 내어 헤어지는 말들을 하자, 내 평생 겪은 것을 담아낼 가장 중요한 DNA 같은 말을 찾아내자 하면서 왜 이 얘기를 하는 걸까요? 나도 놀랐지만, 여러분도 놀랐을 겁니다.
이것은 집합지, 한 사람의 머리에서 나온 것이 아니라, 그것도 똑똑하다는 사람들이 만든 것이 아니라 어린아이들, 천사에 가까운 어린아이들의 상상력에서 고르고 골라낸 것입니다. 개화기 때부터 오늘날까지 이어져온 것을 설명하라고 했을 때 이 노래처럼 정확하게 한국의 역사, 개화기부터 오늘까지 살아온 우리 세계를 이렇게 짧은 몇 가지 말로 요약할 수 있는 게 없어요.
원숭이, 사과, 바나나, 기차, 비행기, 백두산. 백두산을 제외

•

하고 가만히 보세요. 다 우리 게 아닙니다. 중국 문헌 등 모든 문헌을 보면 한국에는 원숭이가 없었다고 그래요. 중국에는 원숭이가 많습니다. 일본은 거의 뭐 원숭이 세상이지요. 지금도 그렇고 옛날에도 그렇고 일본 하면 원숭이입니다. 한중일, 이렇게 가까운 나라임에도 불구하고 우리 한국인들이 접하고 들은 거는 십이지에 나오는 띠, "너 무슨 띠야?" 하고 물었을 때 "아, 신. 자축인묘신유술해 할 때 신, 납 신, 원숭이띠야"라고 하는 그 원숭이뿐입니다. 《삼국지》에 나오는 원숭이, 이런 이야기만 들었지 실제로 원숭이를 본 경우는 거의 없었습니다. 1909년 일본 사람들이 창경궁에 처음으로 동물원을 만들고, 그때 거기다가 원숭이를 넣었어요. 일본령하에서 만들어진 것이지요.
그러면 여러분, 한번 생각해보세요. 우리 실록에는 한 100여 개가 나오는데요, 그게 다 외국에서 진상품으로 원숭이를 보냈다는, 외교관들, 외교사절단이 줬다는 겁니다. 그렇기 때문에 원숭이를 우리가 실제로 보고 느낀 것은 1909년입니다. 창경궁을 동물원으로 만들고 실제 살아 있는 원숭이를 대중이, 우리 국민이 본 것은 1909년입니다.

그래서 어떤 사람들은 이렇게 말합니다. 아, 이 노래는, 원숭이 엉덩이는 빨개, 이렇게 노래한 것은 사람들이 처음 원숭이를 보고 나서 그때 이 노래가 생긴 것이다, 우리가 오늘 부르는 이 노래가 참 오래된 것이라는 건 알지만 언제 어느 때 만들어진 것인지는 모르겠지만, 아마도 1909년 처음 원숭이가 들어온 때 이 노래가 만들어졌을 것이다, 라고 말합니다.

그러나 생각해보세요. 뒤에 기차가 나오죠. 비행기가 나오죠. 또 먹거리로는 사과가 나오죠. 바나나가 나오죠. 1909년은 비행기나 기차 이런 것들이 발명되기 직전이거나 발명됐어도 우리에게 전해지지 않은 무렵이기 때문에 이 노래는 아마도 1909년 이후에 만들어졌을 거라고 추측할 수 있습니다.

차차 이야기하겠지만 우리나라엔 사과가 없었어요. 1900년에 선교사를 통해서 씨가 들어오고 묘목이 들어옵니다. 바나나, 이거는 뭐 지금도 그렇죠. 바나나는 과일에 대한 우리의 생각을 뒤집는, 처음 보는 거였어요. 기차, 비행기 같은 문명의 이기는 말할 것도 없지요.

가만히 들여다보면 멋대로 지은 것 같은데, 원숭이는 무엇일까요? 개화기 때 우리는 외국 사람을 처음 봤습니다. 원숭이

•

라고 하는 것은 실제 원숭이라기보다는 일본 사람, 선교사, 외국 사람, 우리와 다르게 생긴 사람, 그게 원숭이입니다. 그 다음에 사과, 우리의 과일은 복숭아예요. 우리는 복숭아예요, 천도복숭아. 사과, 이건 서양을 상징합니다. 이에 대해선 차차 얘기하겠습니다. 이건 먹거리지요.

외국 문화와 우리 문화가 접촉하면 가장 처음 바깥에서 먹거리가 들어옵니다. 개화기를 상징하는 먹거리는 사과하고 바나나예요. 먹거리지요. 아무렇게나 만든 거 같습니까? 사람이 나오고 먹거리가 나옵니다. 우리나라에는 없던 사람, 없던 짐승, 원숭이. 인간과 가장 닮은 짐승. 개화기 이전에 선조들은 사과하고 바나나는 상상도 못 했죠. 소위 제사상에 올라가는 과일은 뭐가 있습니까? 조율이시棗栗梨柿. 조, 대추죠. 빨간 대추. 그다음에 율, 하얀 밤. 밤을 까면 하얗습니다. 빨갛고 하얗고. 배. 그것도 하얗죠? 배 이. 시, 빨간 감. 빨갛고 하얀 음양. 양과 음. 결혼식 때도 이게 둘 다 나옵니다. 이 목록에 없는, 제사상 목록에 없는 과일 중에, 그것도 큰 과일 중에 사과와 바나나가 딱 들어옵니다.

개화기에 우리가 몰랐던, 외국을 처음 경험한 문화 충격. 인간과 비슷한 원숭이, 그리고 또 다른 원숭이인 외국인들, 먹거리인 사과와 바나나. 보세요. 이게 아무렇게나 만든 겁니까?

그다음은 문명입니다. 교통 문명, 산업 문명을 상징하는 게 뭘까요? 기차입니다. 개화기를 상징하는 게 뭘까요? 기차입니다. 기차는 모든 문명을 상징합니다. 옛날에는 축지법이나 이야기했지만, 기찻길이 지나가면서 자연이, 도시가, 사람과 사람 사이가 가깝게 됩니다. 오늘날 지구촌을 만든 개화기의 첫 키워드는 기차입니다. 앞으로 다가올 산업사회를 상징하는 기차가 나오고, 거기에 더욱 빠른 속도의 비행기가 나옵니다.

원숭이와 먹거리와 문명, 오늘날 우리가 볼 수 있는 문명 단계의 제일 마지막인 비행기. 여기까지는 전부 미국에서 들여온 겁니다. 우리가 만든 게 아닙니다. 이들의 공통점은 바로 그겁니다.

그런데 이 노래엔 백두산도 나옵니다. 처음으로 우리 게 나오는 것이지요. 우리 땅, 백두산. 우리 민족이 살아온 상징인 백두산. 우리의 대륙 한반도. 해양의 섬나라 일본과 대륙 사이에 있는 반도, 반도 삼천리. 백두산 뻗어내려 반도 삼천리. 조선의 노래, 대한의 노래로 백두산이 나오면서, 백두산 뻗어내

•

려 반도 삼천리로, 약 100년 동안 끝없이 외세와 외국 물건과 이것들의 문화 충격을 안고 우리가 가지고 있는 것이 아니라 남의 물건을 쫓아가고 그것을 배우던 그 역사가 한 바퀴 돌아 백두산에 와서 끝납니다.

이것을, 이 키워드를, 원숭이, 사과, 바나나, 기차, 비행기, 이 다섯 가지를 내가 어떻게 경험했는가, 그 말과 나의 관계는 무엇인가, 그것을 이야기하면서 오늘 여러분과 작별 인사를 하고, 우리가 살아온 시대의 의미를 눈으로 보는 것처럼 환히 들여다볼 수 있게, 살아온 발자취를 읽을 수 있게 하려는 겁니다.

이 다섯 가지 키워드의 마지막인 백두산에 오기까지, 원숭이에서 백두산에 오기까지 우리가 함께 나눠온 말, 다섯 가지 키워드가 있습니다. 원숭이의 의미, 사과의 의미, 바나나의 의미……. 이 다섯 가지 키워드를 중심으로 내가 경험했고 함께 나누었던 이야기를 해보면서 우리가 가지고 살아왔던 게 무엇이고, 우리가 없는 세상 저 먼 미래에는 이러한 키워드들이 어떻게 바뀌고 거기에서 어떤 문화 유전자들이 이어져갈 것인가 하는, 내가 없는 세상에 대한 이야기의 실마리를 풀어가려 합니다.
오늘 나는 이 다섯 가지 키워드를 통해 내가 아주 어렸을 때 처음 경험한 이야기들을 함께 나누면서 내가 없는 세상에, 내가 모르는 미지의 한국인들에게 우리가 겪었던 모든 경험과 우리의 꿈을 전하고자 합니다.

차례

원숭이

제주도 근방에는 더러 야생종 원숭이가 있었다고 하지만, 세종대왕 실록 같은 것을 보면 진상품을 잘 기르라고 언급한 대목이 나옵니다. 그 원숭이는 살지 못하고 죽습니다. 성종 때도 원숭이를 길렀다는 이야기가 나오는데, 추워서 옷 한 벌 입히려고 하다가 신하들의 반대에 부딪치는, 지금 생각하면 너무나도 슬픈 이야기들이 있어요. 이렇게 우리 기록을 보면 한국에는 없는, 중국하고의, 일본하고의 차이를 나타낼 때 우리가 가장 눈여겨볼 수 있는 것이 원숭이입니다.

그 원숭이의 의미는 무엇일까요. 나를 타자와, 남과 구별하는 나의 의식이자 나의 아이덴티티identity죠. 원숭이는 인간과 비슷하기 때문에 남을 놀릴 때 원숭이라고도 합니다. 나와 원숭이가 어떻게 다르냐로 내가 사람이라고 하는 하나의 정체성을 확보하는 것이죠. 그게 우리에게 있어서는 외국이었던 겁니다. 원숭이가 없었다는 것을 상징적으로 말하면 인간과 가장 비슷한 동물이 없었기 때문에 인간을 객관화하고 나와 비교할 수 있는 대상이 없었다고 말할 수 있습니다.

《서유기》의 손오공이라든가 또 우리가 말하는 띠 중에 원숭이 띠가 있습니다. 그 납 신申 자 말이죠. 사실, 원숭이의 납 신 자는 원숭이하고 아무 관계가 없어요. 문자 그대로 납 신입니다. 신청한다 할 때의 신 자입니다. 원숭이와 관계없지요. 그런데도 우리는 원숭이가 없고 띠가 없었기 때문에 납 신 자를 원숭이로 보고 잔나비, 빠른 나비다, 원숭이를 납 신의 나비라고 본 거예요.

원숭이가 나무도 잘 타고 흉내도 잘 내고 하지 않습니까? 그러니까 사람을 원숭이에다 비교하면서 외국인들을 원숭이라고 했어요. 고려 때 많은 선비가 소동파를 최고의 문사로 모시고 참 사랑했죠. 그런데 소동파는 놀랍게도 고려인을 노골

적으로 멸시하는, 지금으로 말하면 혐한론자였어요. 그때 고려인들을 뭐라고 그랬을까요? 상투 튼 원숭이들이 우리를 희롱한다. 즉, 오랑캐로 봤습니다. 남들이 우리를 볼 때 사람으로 보지 않고 상투 쓴 원숭이라고 했습니다. 우리도 마찬가지예요. 외국인을 볼 때, 개화기 때 처음 외국인이 들어왔을 때 사람으로 느끼지 않았어요. 실제로 그랬어요.

고군산열도, 프랑스 배가 좌초되어서 그 섬에 닿습니다. 섬사람들은 난생처음 서양 사람을 봅니다. 아, 코가 우뚝하니 저거 사람이 아니다. 도깨비다. 그래서 산으로 피난 갔다가 도깨비나 귀신은 불을 무서워한다니까 횃불을 만들어서 가보자, 생각합니다. 이것들이 도망가지 않고 불을 무서워하지 않으면 그건 사람이다. 우리 해보자. 그래서 횃불을 들고 조난당한 프랑스 배의 군인들이 있는 곳을 찾아갑니다. 횃불 들고 갔는데, 아, 꼼짝도 안 합니다. 아, 이것들이 사람이구나. 도깨비가 아니구나. 그 순간부터 아주 친절하게, 먹을 것도 주고 아주 잘해줍니다. 한국 사람들, 절대 배타적인 사람들이 아닙니다. 원숭이가 우리에게 없었던 것처럼, 나를 객관화하고 비교할 수 있는 외국인들과 유리돼 너무나도 오랫동안 폐

쇄적 생활을 해왔던 것뿐입니다.
개화란 뭐냐, 우리와 똑같이 사랑할 줄 알고, 또 어머니 아버지 공경할 줄 알고, 그리고 자식을 끌어안는 우리와 똑같은 인간이 이 땅에 살고 있는 걸 알게 되는 과정이에요. 우리는 이런 가족, 똑같은 인간들이 존재한다는 것을 모른 채 은둔하며 폐쇄적인 생활을 해왔지요. 우리가 아는 거라고는 중국 사람, 일본 사람 겨우 그 정도였어요. 사람을 배타적으로 대하는 은둔의 시간 속에서 개화를 맞이한 우리의 놀라운 외국관이 이 원숭이 엉덩이는 빨개, 에서 나타납니다. 원숭이 얼굴이 어떻다든지 원숭이 손이 어떻다든지가 아니라 엉덩이입니다. 인간은 엉덩이를 다 가립니다. 그런데 원숭이는 인간보다 더 날쌔고 인간과 구별할 수 없을 정도로 인간을 잘 흉내 내지만 저거는 짐승이야, 인간과 달라, 엉덩이를 가리고 다니지 않아, 그것도 빨개, 이렇게 업신여기는, 비하하는 그러한 의미이지요. 개화기에 우리가 많은 외국인과 접촉했을 때는 배타적이지 않았지만 처음 대했을 때는 원숭이 엉덩이는 빨개, 로부터 외국 체험을 시작한 거죠.
말이 점잖죠? 원숭이 엉덩이가 아니에요, 사실은. 우리가 어렀을 때 부른 거는 아주 상스러운 말, 원숭이 항문. 그것도 막말로, 그러니까 욕에 가깝죠. 그리고 빨개. 그런데 이 빨간 것이 그 귀한 사과 이미지로 넘어간다? 겉으로는 원숭이다 원숭이다 하면서 그들이 갖고 온 건 뭐예요? 사과예요, 사과.
엉덩이 빨간 짐승 같은 사람들이 사실은 기막힌 능력이 있고, 우리보다 훨씬 월등한 문명인이라는 것을 느낍니다. 이 콤플렉스, 한쪽으로는 무시하면서도 한쪽으로는 우리가 본받아야 한다고 생각하는 이중 복합 감정, 그게 바로 원숭이 엉덩이는 빨개, 의 뜻이며, 외국을 숭배하고 외국이 우리보다 잘났다고 생각하면서 동시에 그들을 업신여기고 비하하는 이중 감정이 우리 개화기의 외국관, 외국인관입니다.
이걸 모르면 풀리지 않습니다. 보십시오. 미국 사람, 중국 사람, 일본 사람 보통 이렇게 얘기해요. 그런데 어때요? 이들은 우리보다 압도적으로 강했잖아요? 일본이 우리나라를 강점했잖아요? 우리가 일본을 내쫓고 독립했을 때 미군들이 여기 와서 영웅 대접을 받았잖아요? 몇천 년 동안 이어진 중국의 한자 문화를 빼면 우리 문학을 논할 수 없는 게 사실이지요. 그런데 우리는 그들을 원숭이로 본 거예요. 그래서 뭐라고 그랬어요? 일본놈, 되놈, 미국놈. 전부 놈 자를 붙여요. 제일 가깝고 우리를 압도하는 힘을 가진 자들인데, 원숭이 엉덩이, 놈 자를 붙였어요. 이중 감정, 그 속에서 우리는 개화기 100년을 지내온 겁니다.

내가 좋아하는 작가가 있어요. 한국 작가보다 외국 작가들, 보들레르, 랭보. 철학자 하면 칸트, 헤겔. 우리 철학자가 아니에요. 우리 문화학자들이 아니에요. 그런데 한옆으로는 그렇게 좋아하면서도 한옆으로는 내가 한국인이기 때문에 세 살 때부터 배운 한국말로 글을 쓰는 사람들, 그것에 손이 안으로 굽지요. 이거 모르면 우리가 살아온 개화 100년, 오늘까지 체험하고 있는 한국인의 모습을 볼 수 없습니다.

원숭이 엉덩이는 빨개. 톨스토이, 도스토옙스키, 헤겔, 플라톤, 아리스토텔레스. 그 사람들 엉덩이는 빨개. 그들을 존경하면서도 그들의 철학, 그들의 것은 우리의 것과 다르지요. 우리 전통으로 보면 아무것도 아니야, 하는 식으로 받아들이면서도 반발했기 때문에 놈 자를 붙였다 이거예요. 그런데 우리와 관계없는 사람들, 대만 사람이라고 하지 대만놈이라는 소리 들어봤어요? 필리핀 사람이라고 그러지 필리핀놈이라는 소리 들어봤어요? 태국놈? 대만놈? 호주놈? 안 해요. 다 사람이라 그래요. 애증, 관심이 없으면 증오도 안 생겨요. 사랑하고 존경하고 그들을 따르기 때문에 반작용으로 놈 자가 나오는 거죠. 이게 없으면 완전히 먹히는 거죠. 완전히 먹히는 거예요.

그 어마어마한 중국, 압도적인 중국, 자금성을 한번 보면 한국에 돌아와서 살 마음이 들지 않아요. 우리 궁전은 자금성 화장실 같은데, 그런데도 한국 사람들은 뭐라고 그래요? 와, 기가 막히다, 하면서도 별거 아니야, 다들 별거 아니야, 사람 사는 거 뭐 다 별거 아니던데 그러지요. 이런 오기 같은 것이 4000년 동안 그 많은 외압과 그 많은 외래 문화 속에서도 우리를 지켜온, 한국 사람들의 단점이기도 하지만, 그것이 오늘 우리 이야기를 만들어가는 핵심적인 원동력이에요. 사랑과 증오, 존경과 멸시, 배우면서도 비하하고. 이런 복합 감정이 원숭이 엉덩이고, 그 빨간 것이 맛있는 사과로 이어진 거죠. 배만 먹던 사람들이, 감만 먹던 사람들이 사과를 먹었을 때의 그 느낌이라는 게 어땠을까요?

사과

사과는 여러분이 알다시피 1901년 윤병수라는 사람이 미국 선교사로부터 묘목을 다량 들여오면서 유입됐습니다. 사과는 키르기스스탄이라든지 알마티라든지 우리가 왜 톈산산맥이라고 하잖아요? 중앙아시아의 추운 곳, 거기가 원산지예요. 추운 지방에서만 나왔기 때문에 우리 남한 쪽이 아니라 북한 쪽, 원산 같은 곳에 심었어요. 그게 1901년이에요. 참 상징적이죠? 우리가 막 개화되던 20세기 초, 바로 20세기 초인 1901년에 선교사로부터 받아온 거예요. 받아들여온 거죠.

또 한쪽에서는 선교사들이 직접 나무를 갖다 심었어요. 그런데 기후가 안 맞아서 다 죽고 미주리산 사과 하나가 살았어요. 그게 대구 사과예요. 지금은 그렇지 않지만, 내가 어렸을 때는 대구 홍옥이니 뭐니 뭐니 하면서 대구 사과가 대단했습니다. 원래는 사과가 자랄 수 없는 고장인데도 품종 개량을 해서 대구가 사과의 명산지였어요.

그런데 이 사과의 의미는 무엇일까요? 그냥 먹거리가 아닙니다. 사과라는 말 속에는 그대로 서양 문명이 압축된 상징적 이미지가 있어요. 19세기 헝가리에 아주 유명한 수학자가 하나 있었어요. 보여이 야노시노라고 비유클리드 기하학을 창안한 수학자이지요. 이 사람이 놀라운 얘기를 합니다. 서양 문화는 딱 사과로 얘기하면 풀리지요. 아담의 사과, 선악과. 인류가 이렇게 해서 생겼잖아요. 기독교 문화, 종교 등 오늘날 유럽이 만들어지기까지는 복잡한 여러 가지가 있지만 모든 것은 아담의 사과, 선악과를 따 먹은 아담의 사과로부터 시작돼요. 종교에서 시작된 거죠. 유럽의 모든 문화 문명을 이끌어온 기독교 정신이 바로 아담의 사과예요.

두 번째로 파리스의 사과가 있어요. 여러분, 트로이 전쟁 아시죠? 절세미인 헬레네를 납치하는 파리스 왕자 말이에요.

그래서 그냥 막 10년 동안 싸움을 하지 않습니까? 트로이목마에 나오는 얘기지요. 헬레네와 파리스 왕자, 트로이 왕자. 그 파리스 왕자가 뭘 상징하나요? 그리스의 예술, 호머의 글, 그 유명한 《일리아드Iliad》가 바로 서양 예술을 뜻하는 거잖아요. 서양의 모든 신화 예술은 그리스 철학에서 나온 거예요.

이 두 사과를 빼면 유럽은 없어요. 그리스 문화와 기독교 문화, 히브리즘. 이거예요, 넓게는. 나중에는 헬레니즘이라고 하지요. 조금 성격이 다르지만, 이 두 개의 교류, 그리스·로마에서 오는 교류하고 기독교, 이 두 가지가 오늘날 서양 문명을 만들었지요.

그다음은 뉴턴의 사과입니다. 사과가 떨어지는 것을 보고 중력과 낙하의 법칙을 발견해서 달이 지구로 떨어지지 않고 어떻게 도나 설명했지요. 사과와 중력으로 달의 회전 중력, 인력 같은 문제를 풀어냈어요. 근대 과학은 뉴턴에게서 시작되지요. 뉴턴의 사과가 바로 오늘날 서양의 과학 문명을 만들어 놓은 시조예요.

여기서 끝나면 좋겠는데, 윌리엄 텔의 사과. 어린 자식을 놓고 활로 쏘는, 윌리엄 텔의 사과가 있습니다. 윌리엄 텔의 사과는 저항하고, 민중이 하나의 권력과 싸워서 쟁취하는, 승리자가 되는 그 과정을 상징하지요. 그다음에는 뭐가 있을까요? 여러분도 잘 아는 스티브 잡스의 사과, 오늘날의 애플, 혹은 튜링까지 이어집니다. 튜링의 사과. 튜링은 사과에 독약을 주사한 독사과를 먹고 자살했지요. 반쯤 먹다 만 애플의 사과 로고는 튜링을 상징합니다.

놀랍지 않나요? 사과 하나로 서양 문명을 다 얘기할 수 있다는 게. 원숭이 엉덩이는 빨개. 빨가면 사과. 이 사과 체험이 바로 서양 체험이에요. 그러면 우리는 옛날엔 뭐였냐, 복숭아였죠. 천 년에 한 번 꽃이 피고 삼천 년에 한 번 열매를 맺는다는, 불사의 신선들이 모여서 먹는다는 과일이 있습니다. 천도복숭아, 바로 반도蟠桃예요. 우리의 상징은 복숭아였어요. 예전에 내가 장관이 됐다니까 누가 축하한다면서 그림을 가져왔어요. 사과를 그려서 가져왔을까요? 천도복숭아를 그려서 가지고 왔어요. 이처럼 우리 상징은 복숭아예요.

김삿갓의 유명한 일화가 있어요. 부잣집 잔치에 가서 이 집 아들들이 도둑놈이라고 하니까 사람들이 화를 내자 어떻게 천도복숭아를 훔쳐다가 먹여서 아버지가 이렇게 장수하게 되어서 오늘 이렇게 장수연을 열었냐고 했어요. 사람들이 전부 그 기지에 놀랐지요.
나도 어렸을 때 복숭아, 특히 속을 벌레가 파 먹고 들어간 복숭아를 먹으면 목소리가 좋아진다고 해서 밤에 복숭아를 따 먹던 기억이 나요.
이처럼 사과보다는 복숭아가 우리의 감정과 역사 문화의 상징이에요. 그런데 복숭아는 간 데 없고 요즘 사람들은 과일 하면 사과를 말하지요. 선악과가 사과라는 말에는 근거가 없는데, 밀턴의 《실낙원》에서 처음으로 사과라는 말을 씁니다. 뭐 여러 가지 얘기가 있어요. 놀랍지 않나요?
그런데 마지막으로 진짜 사과, 사과가 상징하는 것으로 무엇이 있을까요? 여러분에게는 생소하겠지만, 조니 애플시드라고 인터넷에 쳐보세요. 이 사람 기념일까지 있어요, 우리는 잘 모르지만. 이 사람은 독실한 크리스천인데, 미국 전역을 돌아다니면서, 맨발로 돌아다니면서 사과를 심었어요. 사과 씨를 심어서 미국을 완전히 사과의 나라로 만들려고 했지요. 새로 정착하는 사람들에게도 씨를 나누어주었어요. 이 사람의 원래 이름은 존 채프먼인데요, 전해지는 일화가 아주 많아요. 우리는 잘 모르지만, 아주 대단한 사람이에요. 길거리의 목마른 사람들이 아무 데서나 사과를 따 먹게 하자. 그래서 길거리에다 막 심고 다녔대요.

미국을 상징하는 단어를 딱 하나만 대라고 하면 사과라고 할 수 있어요. 왜? 사과는 씨를 심으면 씨들이 자꾸 섞이잖아요. 한국 사람이 가면 한국계, 독일 사람이 가면 독일계, 네덜란드 사람이 가면 네덜란드계. 전부 자기 문화를 가지고 있으면서 미국이라는 하나의 거대한 문화를 만듭니다. 씨와 씨가 합치면 혼합돼요. 사과는 접목합니다, 접목을. 나무와 나무를 접붙이면 거기에서 그 씨, 종자가, 새로운 종자가 나와요, 딱 한 번.

전 세계 문화가 어디로 들어갔어요? 미국으로 다 흘러 들어갔죠. 미국은 다른 나라와 비교되지 않아요. 미국이 좋다, 나쁘다, 다른 나라와 비교할 수 없어요. 왜? 미국에는 모든 나라, 모든 민족이 다 들어와 있기 때문이에요. 미국 합중국이 아니라 인류 합중국이 돼버린 거예요. 미국이 어디 있어요? 먼저 가서 산 사람들, 선주민, 선주민은 인디언이고, 들어간 사람들, 메이플라워 호를 타고 들어간 앵글로색슨족, 뭐 남미

쪽으로는 포르투갈이나 프랑스 계통 라틴계, 전부 유럽에서 들어갔잖아요?
미국 대통령 중에 아일랜드 출신이 몇 사람인가 한번 따져보세요. 디즈니랜드, 미키마우스 만든 사람들. 모두 감자병 걸려 가지고 피난 간 사람들이에요. 감자병 걸려서 먹을 게 없으니까 아일랜드에서 도망가다가 미국으로 건너온 사람들. 거기 출신 대통령이 뭐 다섯인가 여섯인가. 힐러리 남편 클린턴, 클린턴 내각도 다 아일랜드 사람들이죠. 케네디도 마찬가지예요. 그래서 미국은 어느 한 나라가 아니에요. 어느 한 민족이 아니에요. 인류가 모여 있는 곳이죠. 동양인들, 우리나라 사람들도 얼마나 많이 들어가 있어요?
그게 조니 애플시드 이야기예요. 모든 나무가 접목해서 새로운 품종을, 문화를 만들어내지요. 스티브 잡스의 애플, 그게 오늘날 인공지능까지 옵니다. 어느 나라 어느 대통령이 죽었다고 스티브 잡스가 죽었을 때처럼 전 인류가 애도하고 꽃을 바칠까요? 그러거나 말거나죠. 한마디로 한국인이다, 미국인이다 따질 수 없어요.
이제 사과는 글로벌한 사과가 됐고, 미국을 상징하는 하나의 키워드가 되었어요. 내가 없는 세상, 내가 없는 미래의 세상에서 이 사과가 어떻게 될 거냐, 복숭아가 어떻게 될 거냐, 대표적인 먹거리가 뭐가 될 거냐, 스티브 잡스의 애플은 뭐로 변할 거냐, 흥미진진하지 않아요? 그게 이제 다음 시간에 여러분한테 얘기할 새로운, 내가 없는 세상에 만들어낸 키워드가 뭐겠나, 이런 것들로 이어지는 것이죠.

바나나

이야기는 갑작스레 바나나로 튑니다. 상관없는 게 아니에요. 두 개 다 먹거리이지요. 그런데 바나나는 한국인이 지금까지 먹어온 어떤 과일하고도 개념이 달라요.

우선 바나나처럼 긴 과일을 본 적 없어요, 우리는. 대개 과일은 둥글죠. 커봤자 수박이에요, 수박. 이렇게 큰 수박. 그것도 서양에서 들어온 거지만. 저쪽 저 중동. 칼라하리 사막인가 거기서 들어온 거지만. 수박, 참외 다 실크로드를 타고 들어왔습니다. 호 자 붙은 건 다 거기서 들어왔지요. 호떡, 호빵 전부 거기서 들어왔어요. 다음에 양 자 붙은 것. 바다 건너서 들어온 것에는 다 양 자가 붙었어요. 그런데 바나나는 그 수많은 과일 중에서도 우리 상식을 완전히 뒤바꿨어요. 우리는 그렇게 긴 과일을 본 적 없어요. 어린애 머리통만한 수박은 봤지만 긴 과일은 보지 못했어요. 왜 바나나킥이라고 그러잖아요. 단순히 길기만 한 게 아니라 끝이 꼬부라져서 올라갔죠.

두 번째, 다 바나나 나무라고 그래요, 사람들이. 바나나는 나무에서 딴다고 그래요. 그런데 나무가 아니에요. 풀이에요, 풀. 풀이 돌돌돌 돌돌돌 말려 올라가서 딱딱해지지요. 나무처럼 되지요. 나무줄기가 아니에요. 나무가 아니에요. 파초과잖아요. 파초, 풀이에요, 풀. 우리 상식을 완전히 뒤엎지요. 그런데 엄청나게 굵은 줄기에서 바나나가 막 열리니까 그걸 나무라고 생각하지 누가 풀이라고 생각하겠어요? 바나나 체험을 통해서 우리는 한국의 좁은 환경에서 가지고 있던 생각이나 느낌으로는, 우리의 체험만으로는 설명할 수 없는 미국의 문화, 외국의 문물, 외국에 사는 여러 종족들 그런 것을 느낄 수 있었어요.

세 번째 특징은 씨가 없어요, 씨가. 아무리 잘라봐도 씨가 없어요. 바나나는 씨가 어디 있을까요? 바나나는 씨가 아니라,

물론 씨도 나중에 나오지만, 줄기세포처럼 발아돼요. 그 싹을 잘라서 심는 거죠. 마치 우리가 복제양 돌리를 만든 것처럼, 몸에 머물던 세포 하나를 떼다가 만드는 것처럼, 줄기세포를 생각하면 돼요. 개, 돼지 이런 것들처럼 직접 낳는 게 아니라 줄기세포에서 카피하는 거죠. 카피한 거예요, 카피한 거. 바나나는 씨가 없어요. 씨로 퍼지지 않아요. 그러니까 품종이 하나밖에 없어요. 여기서 자꾸 떼가니까 이게 병에 걸리면 전 지구에 있는 바나나가 하루아침에 싹 날아가버려요. 지금 우리가 먹는 거요. 바나나는 길어, 긴 것은 바나나, 있잖아요. 그게 다 없어지는 거예요.

다음에 얘기하겠지만 바나나만 추적해봐도 우리는 많은 것을 알 수 있어요. 인간의 역사, 서양의 역사, 정치, 경제 모든 게 바나나 속에 있어요. 바나나가 원산지에선 얼마나 합니까? 그게 한국에 들어오면 얼마나 받아요? 몇십 배 받는 거예요, 몇십 배. 바나나를 기르며 노동하는 사람들은 얼마나 받아요? 바나나에는 눈물이 있어요. 이건 뭐 우리가 하려는 이야기에서 벗어나는 이야기니까 더 하지 않겠습니다.

놀라운 건요, 이 바나나가 근대화 과정에서 사람들 입에 많이 오르내렸다는 거예요. 일본 사람을 바나나라고 그랬어요, 바나나. 명예백인. 얼굴은 노란데, 우리 같은 황색 인종인데, 쫙 껍질을 벗겨보면 하얗다. 일본 사람은 겉으로는 동양 사람이지만 안은 완전히 서구화됐다. 서양 사람들이다. 그래서 일본 사람들을 바나나족이라고, 명예백인이라고 불렀어요. 사실 일본 사람뿐만 아니라 원숭이 노래에서 백두산만 빼놓고 모든 게 그래요. 우리는 한국 사람이고 동양 사람이지만, 바나나처럼 껍질을 벗겨보면 어느새 100년 동안 하얀 사람이 되어버렸어요. 이렇게 보면 바나나의 상징성은 더욱더 짙어져요.

오늘 나는 개인의 기억과 집합 기억이 연결되어 있다, 이 얘기를 하려고 합니다. 바나나에 얽힌 내가 어렸을 때의 기억은, 내가 겪은 바나나는 뭘까요? 《하나의 나뭇잎이 흔들릴 때》를 쓸 때 바나나 얘기를 했습니다. 글로도 썼어요, 〈바나나와 나〉라고. 바나나는 뒷동산에서 따 먹을 수 있는 어떤 과일과도 닮지 않았기 때문에 바나나의 맛은 과일의 맛이 아니라 내가 생각하는 바다 너머의 서양, 남양 이런 외국의 맛, 가보지 못한 외국의 맛이었다, 그런 말을 썼습니다. 뒷동산에서 따 먹을 수 없는 과일의 맛이었기 때문에 매력이 있었지요.

바나나는 참 비쌌어요, 내가 어렸을 때 이야기인데, 아산의 온양온천에는 관광객이 많이 왔습니다. 우리 집에 누각이 있었는데, 거기에서 서울에서 내려온 사람들하고 친척들하고 모여 파티를 열었지요. 어린애들은 절대 못 가게 했습니다. 그 누각이 있는 사랑채에는 못 가게 했어요. 어, 그런데 몰래 가봤더니 거기서 시중들던, 그때는 기생이라고 그랬죠, 어떤 사람이 내가 이렇게 문틈으로 보니까 바나나 하나를 주는 거예요. 어린 내가 참 얼마나 고맙고 반가웠겠어요. 그 바나나 하나를 줘서.

누가 바깥 화장실에 가려고 하다가 내가 들여다보니까, 뭘 줘요. 보니까 바나나 껍질을 이렇게 이어서 그 안에다가 담뱃재 같은 걸 잔뜩 넣었더라고요. 내가 얼마나 화가 났겠어요? 그 바나나. 껍질만 바나나고 안에는 쓰레기를 담은. 너무너무 화가 나서 화장실로 가려면 복도로 쭉 가야 하는데 내가 밟으면 탁 채는 덫을 하나 만들어서, 새끼로, 사내끼로 그걸 만들어서 숨어 있다가 탁 잡아당기겠다, 그 사람이 다시 나타나면 탁 잡아당기겠다 마음먹었죠. 그런데 여자가 오는 거예요. 탁 잡아당겼더니 딴 손님이 거기 걸린 거예요.

《하나의 나뭇잎이 흔들릴 때》에도 바나나 이야기를 썼어요. 내가 읍내에 갔는데 누가 바나나를 사주는 거예요. 아무아무개 아버지가 사줬다면서 나한테 바나나를 사주는 거예요. 얼마나 좋았겠어요? 바나나를 가져오다가, 어린 나는 바나나를 들고 오다가 떨어뜨렸어요. 그게 얼마나 귀한 건데, 뭐 사과 이런 게 문제가 아니죠. 떨어진 걸, 그걸 주워 올렸더니 이게 또 떨어져요. 다발로 된 것이 흩어져서 작은 손에 올려놓으면 떨어지고, 또 올려놓으면 또 떨어지고. 결국 바나나를 다 버리고 빈손으로 울면서 집에 왔어요. 사람들은 무슨 영문인지 몰랐지요. 바나나를 갖게 되어 그렇게 좋았지만, 집에 들어왔을 때 내 손은 빈손이었어요.

〈바나나 판토마임〉이라는 글을 쓴 적도 있어요. 어쩌면 우리의 외국 경험, 개화기 때의 신기루 같던, 그 오매불망 쫓아가려고 했던, 바나나로 상징되는 저 남쪽 나라들, 가보지 못한 그 나라들의 환상이 〈바나나 판토마임〉 속에서 꺾였던 게 아닌가, 그런 생각이 듭니다.

기차

인간에게 가장 중요한 건 먹거리입니다. 호박, 호두, 호빵. 호 자 붙은 거 있죠? 호 자 붙은 거는 전부 이란, 이라크 같은 중동 지방에서 실크로드를 타고 왔어요. 소위 반달이라고 하는데, 거기선 농산물이 많이 났지요. 거기서 전부 들어온 거예요. 우리가 먹는 거 전부 외국에서 들어온 거예요.

개화기 때는 이쪽 대륙을 통해서 들어온 게 아니라, 바다를 서쪽으로 한 바퀴 돌아 가지고 미국, 유럽에서 배를 타고 우리에게 왔지요. 저쪽은 낙타, 말 이런 걸 타고 왔다면 이쪽은 배를 타고 온 거지요. 해양 세력이죠. 그래서 양 자가 붙어요.

모든 데 양 자가 붙었어요. 한국 것에는 한 자가 붙어요. 한옥처럼. 양옥, 양말, 양재기, 전부 서양 거예요. 전부 양 자가 붙어요. 이런 것들은 바다를 타고, 배를 타고 들어온 거고, 실크로드, 말이나 낙타 이런 것들에 의해서 들어온 것들에는 호 자가 붙었어요. 이같이 문물이, 먹을 것이 들어오고 그다음에 뭐가 들어왔을까요? 인간이 만든 문명이 들어왔어요. 그 상징이 기차입니다.

기차라고 하면 기차를 타보기도 전에, 기차가 뭔지도 모를 때부터 부르던 노래가 있어요. 기차는 떠나간다 보슬비를 헤치고 정든 땅 뒤에 두고 떠나는 임이여. 뜻도 잘 모르고 어렸을 때 이 노래를 불렀어요. 그냥 사랑방에 손님들이 오면, 재미로 누구 오라고 그래라, 어린애가 귀여우니까 너 노래 좀 불러라, 그러면 그 어른들 앞에 가서 이 보슬비 기차는 떠나간다를 불렀어요. 형님은 나보다 숫기가 없었기에 나를 들여보내고 코치를 했어요. 야, 이거 구슬프게 불러야 박수도 받고 칭찬받는다. 여기서 꺾어. 여기는 몰라야 돼. 왜 기차 안은 몰라야 하죠? 가사가 그래요. 기차는 떠나간다, 보슬비를 헤치고. 이게 개화기 때 부르던, 아주 오래된 노래입니다, 이게.

내가 어렸을 때 부르던 노래예요.

그런 다음에 모든 기차가 어떻게 돼요? 기차 노래는 전부 슬픈 눈물이에요. 〈비 내리는 호남선〉, 〈남행열차〉, 〈이별의 부산 정거장〉, 〈청춘 12열차〉. 막차 아니면 완행열차. 막차, 밤에 가는 막차, 12열차, 그게 밤차죠? 그리고 〈대전발 0시 50분〉, 그것도 밤이에요. 비가 내리지 않으면, 밤이 아니면, 완행열차. 전부 이별을 상징해요. 비가 와요. 도대체 기차 하면 꼭 비가 내리는 이유는 뭘까요. 내가 어렸을 때 부른 기차도 보슬비를 헤치고……. 왜 꼭 기차가 가면 비가 내릴까요? 왜? 우리가 그렇게 떠났죠. 개화기 때부터 지금까지 계속 시대가 바뀔 때마다 기차는 우리가 사랑하는 사람들을 태우고 떠났습니다.

우리 누이들이 정신대로 떠날 때, 우리 형이 징용 갈 때, 먹을 게 없어서 북간도로 날품팔이 갈 때 어디서 떠났어요? 맨드라미가 피는 시골역에서 떠났습니다. 손을 흔들고 가요. 보슬비 안 내리겠어요? 해가 쨍쨍 내리쬐도 우리 형님, 우리 누님, 우리 아버지, 정든 땅 뒤에 두고 떠나는 임들은 다 시골의 작은 간이역, 맨드라미 피고 급행열차는 서지도 않는 그런 역에서 떠났습니다. 그게 우리 기차의 역사입니다.
반대로 서양의 기차는 뭐예요? 보통 말 한 마리가 장정 여섯 사람 몫의 양식을 먹습니다. 그런데 곡식난이 심각하니까 인간이 먹는 호밀을 먹지 않는 철마, 말을 만들면 어떨까? 그게 바로 그 애덤 스미스가 한 말이에요. 이는 어마어마한 곡식을 양산하는 것과 마찬가지다, 인간이 먹는 밀을, 호밀을 먹지 않는 말을 만들어서 기차가 가는 거예요. 그게 오늘날 산업화를 오게 했지요. 곡식이 부족한 것을, 곡식값이 막 오르는 것을 해결하면서 영국은 제일 먼저 산업화에 성공하고 세계를 지배하게 됩니다. 바로 이 영국에서 기차는 처음 떠나기 시작했어요.
그것이 일본에 들어옵니다. 대륙에 진출하려던 일본은 한국에 철도를 깔아요. 제일 먼저 생긴 게 경인선인데, 바다로 이어지지요. 미국이 이쪽으로 들어오려고 하자 일본 사람들이 터뜨려요. 해양 세력이니까, 일본은. 우리 힘으로 어떻게든지 외국과 협력해서라도 일본인 아닌 사람하고 하려고 했는데 일본이 들어오고, 그 일본인들이 만철이라고 하는 만주까지 닿는 철도를 놔요. 식민지 정책의 모든 기획을 짠 고토 신페이라는 사람이 만철을 만듭니다. 이렇게 해서 러일전쟁이 일어나 일본은 러시아와 싸우고, 청일전쟁이 일어나 중국하고도 싸워요. 이때 가장 중요한 역할을 한 것이 바로 기차입니다.

우리에게는 빼앗기고 떠나가는 보슬비 내리는 기차였지만, 철마를 달리는 세력은 화통보다 강한 철의 심장으로, 철마로 대륙을 공격하고 자연을 파괴하면서 달려갔던 거죠. 어느 누구에게는 지배의 힘이요, 어느 누구에게는 빼앗김의 상징이었기 때문에 기차를 생각하면 참 가슴이 아파요.

내가 이화대학의 아주 젊은 선생이었을 때 〈봉선화 필 때〉란 비디오를 찍었어요. 일본 사람들이 제암리에 자기들이 벌인 살인, 온 동네 사람들을 가두고 불 지른 그 참혹한 사건을 취재하러 왔어요. 물론 한국 측에서 주도한 거죠. 그때, 한국인의 설움 뭐 이런 이야기를 하면서 내가 무슨 노래를 부르나 보세요. 기차는 떠나간다, 보슬비를 헤치고. 내 육성으로 이걸 부릅니다. 기차가 떠나가면서 서로 헤어지는 그 슬픔을 일본인 PD가 담습니다. 내게도 기차는 타보기도 전에 보슬비가 내리는 슬픈 노래였어요. 그래서 젊은 대학교수가 되고 외국 사람이 취재하려고 했을 때 한국을 상징하는 슬픔으로 이 기차를 얘기한 거예요.

그 이전엔 어떻게 했을까요. 《흙 속에 저 바람 속에》에도 썼지만, 어린애라 뭘 몰랐을 텐데, 우리는 책보를 멨어요. 학교에서 나올 때 전부 책보를 멨습니다. 그리고 철길을 따라서 집으로 가는 경우가 많았어요. 다들 기차가 떠나는, 기차가 오는 시간을 알고 있었거든요. 왜냐면 정시에 다녔으니까요. 하교할 때 아이들이 심각한 얼굴로 철로가에 일렬로 서 있어요. 저 먼 데서 삑— 기적 소리가 나고 기차가 지나갑니다. 그러면 애들이 일제히 기차에 대고 하는 행동이 있어요. 양손으로 하는 욕 동작이지요. 뭐 웃음기도 없어요. 진지한 얼굴이에요. 아주 막 땀을 뻘뻘 흘려가면서. 저항이었죠. 기적 소리와 함께 간 우리의 슬픔을, 형님의 눈물을, 누님의 눈물을. 어린애가 뭘 안다고 기차가 가면 이렇게 욕을 했어요. 기차는 우리의 희망이 아니라 우리의 희망을 꺾은 그 역사로부터 출발합니다.

기차 얘기를 하면 한국에선 참 슬픈 이야기들이 나와요. 트로트 가사들만 봐도 전부 비 내리고 완행열차예요. 그런데 슬프기만 하냐. 아니죠. 완행열차에다 야간열차에다 비 내리는 가장 열악한 기차 속에는 한국인의 정이 잔뜩 담겨 있어요. 그게 뭘까요. 삶은 계란 혼자 안 먹어요. 할머니랑 누구랑 다 나눠 먹습니다. 오징어, 나눠 먹습니다. 완행열차의 인심, 정. 그렇게 친구가 되죠. 침략자와 어려운 환경에서 우리가 버텨온 것은 한국인의 정신 덕분이었습니다.

못 보던 사람, 완행열차라는 낯선 환경. 그 끼는 데서, 조이는 데서, 서로 자기가 가져온, 잘살지도 못 하는 처지에 가져온 삶은 계란에서 오가는 정. 아주 유명하지요. 완행열차하고 삶은 계란. 요즘에는 전혀 모르지만요. 그게 모든 침략자로부터, 고난으로부터 한국인으로서 버텨온 우리의 기차 이야기입니다.

낯선 사람인데 "총각, 이것 좀 먹어." 할머니가 품에서 꺼내 줍니다. 자기도 굶었으면서 줘요. 그게 완행열차의 인심입니다. 야간열차 타고 다들 조는 가운데 거기에서 일어나는 애환들이 비 내리는 완행, 이별의 12열차에 담겨 있어요. 피난 갔다가 올라올 때는 또 꼭 이별하는 장면이 나와요. 그러니까 6·25전쟁이 났을 때 어떻게 했어요? 철마는 가고 싶다. 분단되니까 북한까지 달리든, 만주까지 달리든 철마는 가고 싶다. 일본의 강압하에 만들어진 거지만 대륙으로 향하던 우리의 반도가 반 토막 나 가지고, 기차가 폭격 맞아 가지고 기관차가 팍 박혀 있는, 그 상징적인 철마는 달리고 싶다. 이게 바로 6·25의 슬픔이고 비극이고, 우리가 겪은 이별, 생이별한 기차의 역사, 이별의 상징인 기차 이야기입니다.
피난 가서 부산에 살던 피난민들이 서울로 돌아옵니다. 부산의 이별 정거장입니다. 수복되자 떠나게 된 것이지요. 서울에서 내려온 사람들이 거기서 사랑을 합니다. 부산 사람들하고 피난민들이 그렇게 어울리면서 그 많은 피난민이 굶어 죽지 않고 살 수 있었습니다. 그게 우리 인심입니다. 자갈치시장, 피난민들이 협력해서 그 전쟁을 이겨낸 거예요. 그런데 수복되자 떠나기 시작하지요. 또 눈물바다가 됩니다. 수복되어서 기쁜데 나팔 불고 승리의 개선가를 부르는 게 아니라 또 부산항은 눈물의 바다가 되는 거예요.
〈아리랑〉은 정든 임 떠나면 10리도 못 가서 발병 난다고 노래하는데, 기차는 10리가 아니에요. 한번 타면 몇천 리를 가요. 배 타고 떠나면 영원히 못 와요. 발병 나는 임들이 안 와요. 그걸 또 6·25전쟁 때 겪은 거예요, 우리가. 개화기 때, 일본 강점하에 징용 갈 때, 또 6·25전쟁이 나서 피난 갔던 사람들이 돌아올 때 사랑 이야기가 얼마나 많기에, 한 사람 한 사람의 사랑과 눈물로 얼룩진 이야기가 얼마나 많기에 이별의 부산 정거장. 12열차가 나왔을까요. 12열차는 밤 열차예요, 지금은 없어졌지만. 이런 기차의 키워드를 우리는 겪었죠. 항상 보슬비가 내리는 기차.

그런데 이 슬픈 역사가 어떻게 됐어요?

일본 사람들이 우리나라에 와서 깜짝 놀랍니다. 사실 기차는 일본 사람들이 다 놔준 거 아니에요? 그런데 한국 와서 KTX를 타보고 놀라는 거예요. 왜? 개찰구가 없어. 누가 찍는 사람도 없어. 일본 사람이 너무 겁이 나서, 자기가 잘못 탔나 해서 차장 보고 "나 이거 그냥 타지 않았어요. 개찰하는 사람이 없어서 탔어요" 하니까 여기는 개찰 안 한다고, 컴퓨터로 다 예약돼서 그냥 타면 된다고 해요. 실제로 이런 내용의 글을 썼어요. KTX를 타보고 너무 놀란 거지요. 일본은 그냥 타면 안 돼요. 개찰구를 몇 개 지나고 카드를 집어넣어야 해요. 우리는 IT 강국이 된 거예요. 서울역에서 아무도 없는데 기차를 타고 개찰구도 없는 부산역에서 내리지요. 보슬비 내리던 12열차, 눈물 흘리던 완행열차, 비 내리는 호남선은 이제 없어요. 이제는 개찰구도 없이 저희 집 앞마당처럼 지나가요. 탁 찍으면 탁 예약돼요. IT 강국이 된 거예요. 일본이 쫓아올 수 없는 IT 강국이 된 거예요.
이 얘기를, 내가 없는 세상에서 이뤄질 이런 기적들을, 슬픔 속에서 웃음이 나오고 독초 속에서 약초가 나오는 이 얘기를 해야 되는데, 그때 나는 존재하지 않을 거라니 아쉽습니다. 같이해야 되는데, 이 반전극을 봐야 되는데. 눈물이 웃음이 되고, 이별이 만남이 되고, 시골 간이역이 고속도로가 되고, KTX가 달리는 내 조국. 그래, 그래서 행복해졌니? 또 눈물 안 흘려? 보슬비 안 내려?
정말 반전극은 아직 이루어지지 않았어요. 이야기는 여기부터예요, 여기부터. 이런 아쉬움이 오늘날 기차로 상징되는, 개화기 기차가 한국인의 마음속에서, 내 마음속에서 어떻게 접촉되고 오늘 기적을 울리고 달리는가 생각해봅시다. 그것이 우리 기차역이에요. 손님들 앞에서, 사랑방 손님들 앞에서 부르던, 기차는 떠나간다 보슬비를 헤치고 떠나간다 북간도로, 속의 그 기차예요. 《토지》에 나오잖아요. 멱살 잡히고 땅 뺏기고 갈 데도 없는데 실려 나갑니다. 정든 땅 뒤에 두고 타향살이 몇 해던가 손꼽아 헤어보니, 이것도 내가 같이 부르던 노래예요. 동요를 부르고 즐거워해야 할 어린아이에게, 정든 땅 뒤에 두고 떠나는 임 소리를 부르고, 그것도 구성지게 불러야 잘 불렀다고 사람들에게 박수를 받던 그 어린아이에게, 지금 여러분과의 작별을 앞둔 그 어린아이에게 그 기차는 어떤 의미를 가진 기차일까요? 이런 것들을 헤어지는 말 속에서 공유하고자 합니다. 미래에 올 새로운 생명들, 새로운 세계들에 비록 나는 존재하지 않을 테지만 몇 가지 나의 글, 나의 언어들이 내가 없는 세상에서도 그들의 마음속에서 씨앗이 되고, 불씨가 되고, 그리고 작은 터널 속 빛과 같은 것이 되어주기를 바랍니다. 나는 떠날 때의 모든 절망 속에서 남기고 가는 희망으로 오늘 이별을 얘기합니다. 이게 비행기 얘기로 건너뛰면 더 기가 막히죠. 기차 다음에 비행기가 나옵니다. 기차 다음에.

비행기

뛰는 사람 위에 나는 사람이 있습니다. 기차의 시대가 비행기의 시대로 넘어오면 차원이 달라집니다. 차원이 달라요. 라이트 형제가 비행기를 만들죠. 1903년 처음으로 납니다. 인간은 절대로 공기보다 무거운 엔진을 달고 날 수 없다고 얘기한 바로 그해 시골 달튼에서 자전거포를 운영하던 라이트 형제가 비행기를 만듭니다. 학자들이 아닙니다. 어마어마한 자금과 인력을 지닌 국가 연구소에서도 비행기를 개발하려고 했는데, 자전거를 한 대 팔 때마다 조금씩 모은 돈으로 만든 비행기로 인간이 최초로 납니다.

일본 강점하의 식민지인으로 태어난 나는 어렸을 때는 이런 것들을 잘 몰랐어요. 세뇌 교육을 받아서. 그런데도 비행기 얘기만 나오면 왠지 가슴이 아려요. 왜? 예전이나 지금이나 외국 사람들은 하늘을 날고 싶어 했지요. 중세 시대인 9세기, 10세기, 11세기 때 플라잉 몽크는 나는 수도사, 과학자가 아니에요. 하늘을 날고 싶어서, 하나님을 만나고 싶어서 수도사들이 탑에서 날개 달고 날아본 거예요. 당연히 떨어져 죽었지요. 그들을 플라잉 몽크라고 해요. 날아가는 수도사. 내가 이름을 댈 수 있는 사람만 헤아려도 10명이 넘습니다, 탑에서 날아가려고 실험하다가 떨어져 죽은 사람이. 그런데 우리는 아무리 뒤져봐도 하늘을 날기 위해서 높은 데서 실험하다가 죽었다는 사람이 한 사람도 없습니다.

상상력 많은 어린애도 아닌데 그들은 왜 하늘을 날고 싶어 했을까요? 날개가 없지만 날고 싶어 하는 그 꿈. 그걸 우리는 왜 갖지 못했을까요? 외국 사람들은 비행기를 만들었잖아요. 왜 우리는 비행기를 못 만들었을까요? 그런 생각이 늘 가슴에 뭉쳐 있습니다. 플라잉 몽크 엘마라는 수도사는 연 같은 것에 의지해서 날려고 했습니다. 죽었지요, 떨어져서.

그런데도 내가 절망하지 않는 이유는 어렸을 때 부르던 종이 비행기 노래 때문입니다. 우린 비행기도 못 만들고 비행 실험하다 떨어져 죽은 모험가도 없지만 종이비행기를 만들고 그걸 띄우는 노래를 불렀습니다. 자세히 보세요. 놀랍지요. 종이접기를 해서 비행기를 만들어 날리면서 뭐라고 해요. 아주 간단한 노래죠. 떴다 떴다 비행기, 날아라 날아라, 높이 높이 날아라 우리 비행기. 우습죠? 그런데 그 속에 우리의 모든 소원과 비행기의 철학이 담겨 있어요.

2008학년도 서울대 입학식에 3403명이 모였습니다. 입학식에는 학부형들도 모였습니다. 거기서 내가 축하 연설을 했어요. 그때 내가 서울대학생들을 보고 이야기한 핵심이 떴다 떴다 비행기, 날아라 날아라, 높이 높이 날아라 우리 비행기, 였어요. 학생들이 웃었지요. 서울대학 들어와서 다들 천재라고 생각하는 사람들이 교수가 한다는 소리가, 선배가 한다는 소리가 겨우 어렸을 때 부르는 노래라니, 들으면서 얼마나 우스웠을까요. 너희들 떴다 떴다 비행기 알아? 하니까 픽 웃는 거예요. 다 안다는 거죠. 천만에. 한 명도 몰랐어요, 그 뜻을. 자세히 들여다봅시다.

떴다 떴다 비행기. 종이비행기를 날리면 뜨긴 떠요. 하지만 날진 못합니다, 이게. 뜬다와 난다를 구별해야 하지요. 종이비행기를 날리면 뜨긴 뜨는데 날지는 못해요. 뜨는 건 뭐고 나는 건 뭘까요? 나는 건 뭐고 높이 나는 건 뭘까요? 이걸 알면 인생을 다 알고, 한국을 다 아는 거예요. 왜 그럴까요?
뜬다는 것은 바람에, 물결에, 공기에 뜨는 거니까 내 의사대로 갈 수 없어요. 떠다닌다는 것은 떠돌이예요. 종이비행기를 던져보세요. 어렸을 때 애들하고 장난하다가 쟤한테 보내야지, 하고 날려도 엉뚱한 데로 날아가요. 왜? 종이비행기는 바람을 따라 제멋대로 돌아다녀요. 그걸 글라이더 활공이라고 그래요. 자기가 가고 싶은 데로 못 가요. 뜨긴 뜨는데 날지는 못하는 거야. 난다는 것은 자기 날개를 달고 자기가 가고 싶은 데를 향해서, 목표를 향해서 가는 거예요.
너희들 서울대학 들어왔지? 분명히 떴어. 너희들 모교에 가보면 누구 아무개 서울대 입학 축하라고 써 있을 거야. 동네 사람들이 아이고 자제분 서울대학교 갔다면서요, 입을 모아 말하지. 어머니 아버지가 돕고, 학원 선생님이 돕고, 자기 힘도 있겠지만 주변 힘으로 뜬 거야. 오늘부터, 대학에 입학하면서부터는 날아야 된다. 라이트 형제 전에도 상당한 글라이더 비행선이 있었는데, 왜 엔진을 달고 활공이 아닌 제 힘으로 날아가는 비행기를 만들려고 했느냐? 글라이더와 플라이어는 다르다. 너희들은 지금까지 글라이더였다. 자기 힘으로 무엇을 한 게 아니다. 대학에 들어온 오늘부터 너희들은 목표를 가져야 한다. 자기 엔진을 가져야 되고, 떠다니는 것이 아니라 날아야 한다. 그것도 그냥 나는 것이 아니라 높이 높이 날아라, 우리 비행기처럼. 기가 막히잖아요. 그러고 나서 그랬어요. 친구 이름을 넣어봐라. 떴다 떴다 홍길동, 이렇게.

요즘 뜨는 사람 많아요. 배우, 글 쓰는 사람 등등 뜨는 사람 많아요. 그런데 자기 목표가 뚜렷하지 않으면, 자기 엔진이 없으면 금세 고꾸라져요. 안 그래요? 한국 자체가 10위 권으로 떴지만 우리 주변 사람들도 떴어요. 날지는 못하는 거지요. 자기 의지가 없어요. 어디로 가려는 목표가, 국가나 우리 민족이 어떻게 해야 행복하게 살 거라는 목표가 없어요. 떴어요, 붕 떴어. 이것처럼 절실한 노래가 없어요. 종이비행기 날리면서 날아라 날아라, 우리 민족의 소망입니다.

친구 보고 내 친구 홍길동 떴어, 날아라, 너 떴어, 이제 네 힘으로 날아라, 높이 날아라, 우리 홍길동, 우리 홍길동. 그럼 개인의 노래가 되는 거예요. 학교 얘기를 해볼까요? 우리 학교 떴다, 어디어디 고등학교 떴다, 날아라 날아라, 이제부터 날아야 된다, 높이 높이 날아라. 우리 학교 교가가 되는 거예요. 나라로 해볼까요? 떴다 떴다 대한민국, 날아라 날아라, 높이 높이 날아라 우리 대한민국. 국가가 되는 거예요. 우리나라의 노래가 되는 거예요. 우리 회사의 노래도 돼요. 회사가, 벤처기업이 떠야 돼요. 오래 가야 돼요. 목표가 있어야 돼요.

죽은 물고기들은 배를 내밀고 물위를 떠내려가요. 살아 있는 건 송사리라도 상류로, 상류로 물을 거슬러서 올라가요. 이게 나는 거예요. 뜬 거는 뜬 채 하류로 밀려가요. 잉어가 아니더라도, 등용문 같은 포커스가 아니더라도, 모든 살아 있는 것은 역풍을 맞으면서 역류를 헤치고 나아가는 이게 플라이어, 이것이 나는 거예요. 그러려면 자기만의 튼튼한 엔진을 가져야 돼요. 강력한 엔진을 가져야 돼요.

우리 한국이 스스로 에너지를 만들고, 추진력을 가지고, 실력을 가지고 날 수 있는 엔진이 없다면 바람 꺼진 뒤 바람 부는 방향으로 처박힐 거예요. 나는 그걸 서울대학생들한테 이야기한 거예요. 오늘부터 너희들은 날아라. 그것도 그냥 날지 말아라. 높게 날아라. 낮게 날다가 부딪힌다. 높이 날아라. 학생들이 얼마만큼 알아들었는지 모르겠지만 〈중앙일보〉에는 크게 기사가 났어요.

그럼 우리는 지금 날지 못하는 걸까요? 우리 비행기의 역사도 기차의 역사처럼 슬픔의 역사예요. 내가 태어나던 그해 안창남이 일본 비행 학교에서 최초로 라이선스를 얻어서, 비행기에다 한국 지도를 그려서, 반도를 그려서 서울로 와서 여의도에서 비행을 합니다. 5분, 10분 정도 비행했어요. 그때 몇만 명이 가득 모였지요. 비록 우리는 비행기를 못 만들었지만, 우리 하늘에도 새가 아닌 비행기가 난다. 그런 마음이 한국인들에게 있었던 거예요. 그런 마음으로 여의도에 수많은 사람이 모였어요. 안창남은 영웅이었지요. 하늘을 보면 안창남, 땅을 보면 엄복동. 엄복동은 자전거 타는 선수예요. 그 1930년대, 내가 태어나던 해, 원숭이 엉덩이는 빨개, 그것이 태어나던 해, 〈동아일보〉에서 반도 삼천리 만들던 1930년 그해.

나의 비행기 역사는 종이비행기로부터 시작됐어요. 서울대에서 강의했던 것처럼 어렸을 때의 나는 비행사가 아니지만 비행기를 알았을 때의 허망함, 날아라 날아라 높이 높이 날아라 하는 그 마음을 가지고 살아왔던 거죠.

비행기의 역사를 가만히 보면 다음 나의 비행기는 안창남이에요. 한국에도 비행사가 있었다. 한국의 하늘에 새만 날아다니는 게 아니라 근대의 비행기가 날았다. 날개 없는 인간이 날았다. 높이 높이 날았다.

그런데 2차 대전이 벌어져요. 그때는 대동아전쟁이라고 그랬어요. 내가 두 번째 본 비행기는, 안창남의 비행기 말고 보통 비행기 말고 내가 본 그 비행기는 내게 충격을 주었어요. 2차 대전 때, 1944년 해방 직전에 공습경보가 내려서 폭탄이 날아온다고 눈과 귀를 막고 논두렁에 엎드리라고 그래서 공습경보가 끝날 때까지 그러고 있었어요. 그런데 공습경보가 해제되지 않아서 가만히 눈을 뜨고 보니까, 반짝반짝하는 물고기 같은 것은 보이지도 않고, 하얀 비행운이 날아와요. 보잉, 당시 일본식 발음으로 보잉구예요. 보잉29. 보잉사에서 만든 전략 비행기로 공기가 드문 아성층권을 높이 날아서 비행운이 만들어졌지요.

비행기가 어느 정도 높이에서 나는지 알 수 없을 정도로 진짜 높이 날아서 보이지도 않았어요. 그때 내 충격이 어땠겠어요. 비행운을 만들어내는 보잉29, 일본 본토를 폭격하고 나가사키에 원폭을 투하한, 1만 미터 상공을 나는 사발 비행기, 1톤짜리 폭탄을 싣고 수천 마일을 날아가는 그런 놀라운 비행기가 전쟁 직후, 해방 직후에 내가 본 보잉29예요. 근대 문명이니 개화기 문명이니 하는 게 아니라 이젠 인간이 아성층권을 난다. 일본은 못 따라간다. 미국을 발견한 것이고, 세상이 바뀌었다는 것을 알게 됐어요. 그러고 나서 6·25전쟁이 일어나요.

보잉29만 해도 쌍엽기, 사발 비행기로 프로펠러 비행기였는데, 제트 비행기는 프로펠러가 없어요. 분사기로 슥슥 날지요. 물론 옛날부터 만들어지긴 했지만 제트기가 실제로 공중전에 나서서 기관총을 쏜 거예요. 6·25전쟁 때 제트기가 나옵니다. 세상 사람들이 다 놀랐지요. 제트기는 분사해요. 그렇게 생각하면 돼요. 비행기가 분수처럼 뿜어요. 배기가스를 뿜으며 반작용으로 날아요, 프로펠러 없이도. 이게 제트 엔진이에요.

우리는 6·25전쟁 때 이걸 처음 봐서 제트 비행기 같은 것은 몰랐어요. 쌕쌕하고 지나가니까 그냥 쌕쌕이라고 그랬지요. 6·25전쟁 때만 해도 몰랐지만 이 제트 엔진이 호주 비행기입니다. 6·25전쟁 때 제트 비행기를 왜 호주 비행기라고 했을까요. 프란체스카 있잖아요, 대통령 영부인, 이승만 대통령의 그분은 오스트리아 사람이에요. 이를 오스트레일리아로 잘못 알고 호주댁 호주댁 그랬어요. 전 국민이 잘못 알았던 거지요. 오스트리아에서 열린 회의에 참가한 이승만 박사가 거기서 만나 결혼한 건데, 오스트리아하고 오스트레일리아는 다른데 잘못 알아서 호주댁 호주댁 그랬어요. 더 웃긴 거는 6·25전쟁이 뭔지도 모르고 사돈네 나라에서 전쟁이 났다니까 프란체스카 친정에서 보내온 비행기라고, 원조해준 비행기라고 호주 비행기라고 불렀어요. 이렇게 어리숙한 사람들이 그 엄청난 6·25전란을 겪었어요. 사상전이고 문명전이고 엄청난 역사의 소용돌이 속에서 이렇게 호주 비행기라고 부르고, 호주댁이라고 부르고, 잘못된 정보를 가지고 쌕쌕이라고 부르고.

비행기가 정식 전투에 투입돼서 많이 활약한 것은 2차 대전 이후예요. 중국 사람들이 꽹과리 칠 때, 인해전술 쓸 때 최초의 제트 비행기가, 프로펠러 없는 제트 비행기가 날았어요. 그게 오늘날 로켓이 되고, 하늘을 프로펠러 없이 나는 제트 비행기가 됐어요. 그 쓰라린 6·25전쟁을 겪은 나의, 지금 여러분과 고별 인사를 나누는 나의 비행기 체험은 종이비행기로부터 시작되어서 보잉29, 하늘을 날아가는, 기적의 비행운을 뿜고 가는 그 놀라운 폭격기, 1만 미터 상공을 나는, 호주 비행기라고 불렀던 제트 비행기로 이어집니다.

다 낯선 체험이고 남의 나라에서 들어온 기술이지만, 비록 그것 역시 보잉사에서 만들었지만 1970년대 내가 파리에 갈 때, 오를리 공항에 태극 마크를 단 보잉747, 엄청나게 큰 비행기를 탔어요. 그 비행기가 비행장에 내리면 사람들이 전부 구경했지요. 태극 마크를 단 칼 보잉747을 타고. 물론 그 이전에 세계 여행을 갔을 때는 한국 비행기가 아니고 외국 비행기를 타고 세계로 나갔어요. 우리 태극 마크를 단 비행기를 타고 오를리 공항에 내렸을 때, 남들은 유치하다고 생각할 수도 있지만, 나는 눈물을 흘렸어요, 눈물을. 종이비행기 날리던 뚜껑 머리한 어린아이가 태극 마크를 단 어마어마한, 저게 뜰까 싶은 생각이 드는 비행기, 한국의 비행기를 탔어요. 남이 만든 거지만, 우리가 주인이었어요. 이게 내가 살아온 비행기 이야기예요. 종이비행기부터 보잉747 비행기까지.

그런데 거기서 끝났을까요? 아니에요. 세상에. 내가 새천년 위원장 할 때 강동석 씨하고 인천공항을 만들었어요. 비행장이 열리기 전에 활주로는 다 갖춰졌지만 비행기는 하나도 없는데 인천공항에서 새천년 기념 행사를 열었어요. 젊은 청년들이 하얀 날개를 달고 비행기가 날기 전에 활주로를 날았지요. 강동석 씨하고 표찰 하나까지 서로 상의해서 10년 연속 세계 제일, 세계 최고로 인정받는 공항을 만드는데 일조했어요. 그곳을 몇 번이나 드나들면서 여러 가지 아이디어를 내기도 하고 강연도 했지요.

보세요. 눈물 안 나요? 내가 저쪽으로 보내고 싶어도 엉뚱한 방향으로 날아가는 종이비행기를 접던, 날아라 날아라 노래를 들으며 희망을 가졌던 사람이 세계 제일의 공항에서 젊은 이들을 모아 이루지 못했던 꿈을, 놓쳤던 꿈을 인천공항 미추홀에서 띄웠던 거예요.

나의 생애는 슬프고 외로웠어요. 내가 왜 한국인으로 태어났나 가슴을 친 게 한두 번이 아니었어요. 누구도 겪어보지 못한 경험을 했지요. 그게 다섯 가지 키워드 원숭이, 바나나, 사과, 그 다음에 문명의 기차, 비행기로 이어져요. 그게 백두산으로 이어져요. 전부 남의 것인데 마지막 결론은 백두산이에요. 비행기는 높아, 높으면 백두산. 우리 거예요. 전부 남의 건데 우리 것 백두산으로 끝나지요. 그 노래가 끝나면 전혀 다른 노래가 뒤에 이어져요. 백두산 뻗어내려 반도 삼천리. 현제명 작곡의 다른 노래가 이어져요. 반도. 백두산. 삼천리. 이 가사를 읽어보면 빼앗겼던 땅, 그 땅에서 우리는 외국 물건만 쫓아다니면서 옛날 거 우리 거 다 잊어버리고 그것이 살길이라고 개화 100년을 열심히 뛰었어요. 남의 뒤통수만 보고 뛰었어요. 서양 사람들 뒤통수만 보고 뛰다가, 일본 사람들 뒤통수만 보고 뛰다가, 중국 사람들 뒤통수만 보고 뛰다가 이제 우리가 선두에 섰어요. 선두에 서면 뒤통수가 보일까요? 계속 뒤통수를 보고 따라갈 거예요? 백두산부터는 우리가 다섯 개의 키워드가 아닌 새로운 키워드를 만들지 않으면 살아가지 못하는 시대가 온 거예요.

그런데 반도는 어디 갔나, 백두산은 어디 갔나, 삼천리는 어디 갔나? 분단되고 아까 얘기한 것처럼 기차는 더 이상 가지 못하게 되었어요. 비행기도 못 날아가요. 우리는 섬이 되어버렸어요. 북한은 뭐가 되었을까요? 대륙이 되어버렸어요. 이렇게 반도가 사라져버렸어요. 그래서 비행기는 높아, 높으면 백두산, 그다음 반도도 삼천리도 없어져버렸어요. 이제 우리는 이걸 만들어야 돼요.

내가 없는 세상에서 새로운 키워드들이 만들어지려면 지나간 나의 이야기, 다섯 개의 키워드, 역전의 드라마로서, 우리가 이제는 세계를 향한 발신자로서 세계와 친구가 되고, 외국인이 더 이상 원숭이가 아니고, 더 이상 사과나 바나나나 기차나 비행기가 남의 것이 아닌 우리 것이 되어버린 이 근대화 100년 속의 그 슬기가 필요해요. 종이비행기가 아닌 진짜 비행기를 타고 날아다니고, 또 그 비행기가 오가는 비행장이 세계 1등이 됐습니다. 날아라 날아라 높이 높이 날아라. 뜨기만 했지 날지 못하는 대한민국 한국인이 여기까지 떴습니다. 어떻게 날아야 할까요. 날려면 이제 목표가 있어야 합니다. 자기 엔진이 있어야 합니다.

정치가, 경제인, 시인, 소설가 다 개개인의 중요한 삶을 살지만, 그 삶은 다른 사람의 삶과도 얽혀 있어요. 코로나 때문에 마스크를 쓰지요. 마스크는 내가 병에 안 걸리려고도 쓰지만 남에게 병을 안 옮기려고도 쓰는 거예요. 나를 위한 게 남을 위한 것입니다. 이처럼 나눠야 할 경험의 가치. 백두산 뻗어내려 반도 삼천리의 집합지. 함께 생각하고 중지를 모아야 해요. 노래에도 그렇게 나와요. 모든 슬기를 합쳐야 해요. 우리가 목표를 설정해야 돼요. 우리는 우리 힘으로 날아왔어요. 엔진을 달고, 이렇게 앞으로도 100년을 살아야 돼요.

내가 살아온 과거는 바로 여러분이 살아온 것과 같은 체험의 집합지예요. 집합 기억을 되새겨보면 앞에서 얘기한 것처럼 내가 없는 세상에도 거리두기가 있을 것이고, 어린애들 웃음소리가 있을 테지만, 그것은 어제의 웃음소리가 아니고, 어제의 뉴스가 아니고, 어제의 거리가 아닙니다. 야채 파는 할머니도 어제의 할머니가 아닐 겁니다. 어제의 것이 아닌 내일의 것, 미래의 것이지요. 내가 없는 세상에는 어떤 세상이 나타날까요? 그것을 고별의 인사말로 공유함으로써 그 비행기는 높이 높이 날아갈 수 있을 겁니다. 이것이 여러분에게 이야기한 나의 작은 체험, 함께 나누었던 80여 년 동안의 경험에 대한 회고를 다섯 가지 키워드로 정리해본 것입니다.

반도 삼천리

앞서 내가 있었던 시간들, 다섯 가지 키워드로 상징되는 집합지를 이야기했습니다. 원숭이, 사과, 바나나, 기차, 비행기. 공교롭게도 원숭이는 동물입니다. 사과, 바나나는 식물이고 먹는 것이죠. 기차, 비행기는 먹을것이나 살아 있는 게 아니에요. 문명 개화기와 함께 시작된, 산업혁명을 일으킨 증기기관 기차, 그리고 다시 땅과 바다에서부터 하늘로 올라가는 비행기. 다시 생각해봐도 절묘한 다섯 가지 키워드입니다. 이 속에 잘 있어, 라고 말하는 우리 한국의 현실, 지나온 개화 100년 동안의 모든 애환이 담겨 있습니다. 그리고 이미 말했듯, 원숭이나 사과나 바나나, 기차, 비행기는 100년 전에는 이 땅에 없었던 것들이죠. 100년 동안 우리는 열심히 남의 뒤통수를 따라서 여기까지 왔습니다.
그런데 놀랍게도 마지막 키워드 비행기 다음에 백두산 뻗어내려 반도 삼천리라고 하는 새로운 키워드가 생겨납니다. 개화 100년 동안에는 우리가 남의 것을 받아들여왔다면, 백두산으로 상징되는 우리 땅, 우리 역사, 한국인이 그 키워드들을 내 것으로 만들면서 지난 100년 동안 우리 조국, 우리 민족, 그리고 이 땅의 역사로 만들어가라는 희망을 주었던 곳이 이 반도 삼천리라는 거예요. 그런데 어떻습니까? 이 다섯 가지 키워드를 바탕으로 반도를, 비로소 우리 땅을 발견했지만 그 땅과 우리 것은 무참히도 새로운 키워드를 만들어내지 못했어요. 아이들이 새로운 노래를 품지 못했습니다. 왜? 반도가 사라졌기 때문입니다.
여러분, 반도라는 글자를 써보세요, 반은 섬, 반은 대륙이라는 뜻 아니에요? 대륙을 누가 지배합니까? 역사를 보세요. 알렉산더, 나폴레옹, 칭기즈칸 다 말을 타고 있어요. 말의 역사입니다. 대륙을 지배한 것은 말이었어요. 그런데 해양을 보세요. 바이킹, 대영제국 전부 배 탄 사람들이 지배했습니다. 그러니까 우리 삶을 아주 쉽게 말하면 말 탄 사람이 지배한 대륙문화와 배 탄 사람이 지배한 해양 문화, 바다 문화가 있었어요. 그런데 어때요? 반도라는 건 뭐예요? 배 탄 사람이에요, 말 탄 사람이에요? 배도 타고 말도 탄 사람이죠. 그런데 이게 양극화되면 허락되지 않아요. 가운데라는 건 허락되지 않죠. 그게 양극화입니다. 극단입니다. 단이라는 건 끝이에요. 극단, 오늘날 인류의 역사는, 그리고 우리가 겪은 인류의 문화는 모두가 극단의 역사였어요. 20세기 역사를 극단의 역사라고 정의한 유명한 역사학자도 있습니다.

2차 대전 때 우리가 겪은 것은 모든 것이 양극화되고 모든 것이 극단화돼서 조화와 융합과 균형을 이룬 시대라고 20세기를 정의합니다. 그 20세기 한복판에 우리는 한국에서, 반도에서 살았습니다. 그래서 고래 싸움에 새우 등 터진 거죠. 그런데 외국에서는 코끼리 싸움에 풀밭이 망한다고 해요. 풀밭이 절단 난다는 거예요. 그런데 어떻습니까? 대륙과 바다 그 사이에 낀 사람들은 대륙의 문화와 바다의 문화가 서로 사이좋게 평화롭게 살아도, 싸워도 항상 피해를 입습니다.

아프리카 사람들은 이런 말을 합니다. 세계 평화니 뭐니 세계 갈등을 극복하느니 뭐니 하면서 고래가 아니, 코끼리가 싸우면 풀밭이 절단 난다고, 하지만 코끼리가 사랑할 때도 역시 풀밭은 절단 난다고. 즉, 해양 세력과 대륙 세력이 친하게 지내도, 싸워도 가운데 낀 사람은 항상 눈물을 흘리는 서러움을 겪습니다. 그게 반도입니다. 왜, 극단의 세계는 반도를 놔주지 않을까요.

대륙에서 반도를 흡수하느냐 해양 세력이 반도를 지배하느냐, 그러니까 바다와 대륙의 고래 싸움이 제일 먼저 일어나는 곳은, 서로의 패권이 부딪치는 곳은 반도예요. 크림반도, 발칸반도. 반도라는 말 붙는 곳치고 세계 분쟁의 씨앗이 되지 않은 곳이 없습니다. 한국도 예외가 아니었죠. 우리, 참 많은 전쟁을 겪었잖아요. 그런데 전쟁이라고 하지만 한국은 안 나와요. 러시아하고 일본이 싸웠다. 그래서 러일전쟁. 중국하고 일본이 싸웠다. 그래서 중일전쟁. 만주에서 전쟁이 일어났다. 그래서 만주사변. 그런데 러시아하고 싸웠을 때나 만주에서 일이 터졌을 때나 중국에서 부딪쳤을 때 싸움터는 어디였어요? 한국이었죠. 한국이란 말이 붙은 것은 우리가 내전을 벌인 6·25전쟁, 그것만 한국전쟁이라고 그러지요. 그렇게 많은 전란을 겪었어도 그것은 중국의 북방과 남방 두 지역의 끝없는 싸움, 몽골이라든가 만주족이라든가 여진족이라든가 이런 이들과 한족 간의 싸움이었지요. 대륙간 싸움에 있어서 한반도는 트로피로서, 승리의 트로피로서 제공되었던 거죠.

여러분이 다 아는 이야기, 이미 겪은 이야기를 헤어지는 이 자리에서 왜 다시 새삼스럽게 하는 걸까요? 내가 없는 세상, 어제까지는 있었지만 내일은 없는 세상, 거기에 있을 사람들, 떠나는 사람이 있을 사람들에게 다섯 가지 키워드에 이어지는 이야기를 들려주고, 그 이야기가 오늘 바로 우리가 헤어졌을 때, 다섯 가지 키워드들이 어떤 새로운 말로 바뀌어야 되느냐 그것의 연속이기 때문입니다.

배 탄 사람 말 탄 사람들이 지배한다고 그랬죠? 해양 세력, 대륙 세력이 지배한다고 그랬죠? 지금 보세요. 냉전이 뭡니까? 서방 지역은 해양 세력이죠. 미국을 중심으로, 영국을 중심으로. 그들과 러시아 대륙의 싸움입니다. 러시아는 뭐 추워서 그런 것만은 아니지만, 얼지 않는 부동항, 그것이 그들의, 민족의 소망이었지요. 그들이 찾는 모든 욕망이었지요. 우리가 겪은 냉전이라고 하는 거, 그건 뭐겠어요? 그 냉전은 대륙과 바다의 싸움이었어요. 두 번째 대륙과 바다의 싸움에선 대륙을 중국이 대신하죠. 해양 세력들은 여전히 미국, 영국, 유럽. 그러기 때문에 앞으로 여러분에게 꼭 있어야 할 키워드, 꼭 필요한 키워드에서 반도로 넘어오는, 백두산으로 넘어오는 가장 중요한 말이 반도성의 회복이라고 하는 겁니다.

언뜻 들으면 참 낡은 말을 하고 있다, 우리의 소원은 통일인데, 우리의 그 반토막 난 반도의 통일을 염원하는 것이 어떻게 마지막 남겨놓고 갈 키워드라고 하냐 할 수도 있어요. 바로 여기에 문제가 있습니다. 반도성을 회복하자는 것은 단순히 민족끼리 다시 옛날처럼 통일하자는 그런 생각이 아니에요. 우리 중 99.9%가 그렇게 알고 있지만 아니에요. 그 통일이기도 하지만 그건 우리끼리의 얘기이지 남들에게는 남의 얘기일 뿐이에요. 한국인에겐 절실할지 몰라도 중국이나 일본 사람들에게는 아무렇지도 않은 문제이지요. 오히려 곤란하다 이렇게 생각할 수도 있어요.

해양 세력과 대륙 세력이 끝없이 몇천 년간 싸워온 인류의 모든 분규를 풀어가는 정말 놀라운 기적의 세계가 있다면 바로 반도성의 회복이에요. 역사를 보세요. 대륙과 해양이 반도를 놓고 서로 새우 등 터뜨리던 그 역사가 종식돼야 인류는 새로운 평화의 역사를 맞을 수 있어요. 지금까지의 갈등, 대립, 피와 눈물의 역사를 극복하는 데 있어서 반도성의 회복은 한국의 통일만을 의미하는 것이 아니라 아시아에, 전 세계에 마지막으로 딱 하나 남은 희망의 말이라는 것을 여러분은 잊지 말아야 합니다. 우리의 소원은 남북통일이 아니라 반도성을 회복하는 것입니다.

그런데 우리는 어땠죠? 임진왜란이 일어난 무렵인 17세기, 그 무렵에 남들은 막 새로운 계몽주의를 시작하고 새로운 큰 배들이 나와서 해양 세력이 미지를 향한 대항해를 준비하고 있을 때 우리의 장만 장군, 문무를 겸비한 장만 장군의 시조에 보면 놀라운 얘기가 나와요. 풍파에 놀란 사공, 배 팔아 말을 사니, 구절양장의 (산길이) 물보다 어려워라. 배도 말도 말고 밭 갈기만 하리라. 우리는 풍파에 올라서 더 큰 배를 만들 생각을 하지 않고 배를 포기했죠. 반도인데, 반도의 삼면이 바다인데 포기했어요. 그러면 구절양장 말 타고, 이제 말 타고 대륙으로 가야 하죠. 과하마라고 하는 한국의 조랑말이 있습니다. 대단한 말이죠. 칭기즈칸이 타고 다니던 그 말, 한국의 과하마를 만든 것은 명산입니다. 구절양장, 삐뚤삐뚤한 그 꼬부랑길, 꼬부랑 언덕이 풍파보다도 더 무섭더라. 말 타고 교통사고 난다, 해양 사고 난다.

그래서 배를 팔아서 말을 사고, 말을 팔아서 뭘 했어요? 밭 갈기만 하리라. 배도 말도 말고 밭 갈기만 하리라. 말과 배를 포기한 거죠. 장만 장군을, 선비를, 선조들을 원망하는 소리가 아닙니다. 우리가 배를 타고 말을 타고 이 반도의 특성을 지키려고 해봤자 이미 말한 대로 반도는 대륙의 반도냐, 해양의 반도냐 하는 먹잇감만 돼왔기 때문에 말을 타든 배를 타든 반도는 이미 말도 배도 아니라 새우 등이 되고 말았던 것이죠.

장만이라는 분이 바보입니까? 뛰어난 사람입니다. 그는 말했어요. 우리가 싸울 것은 배 타고 말 탄 사람들이 아니다. 밭을 갈자. 밭을 갈자. 농사지어 먹자. 남 침공하지 말고. 그런데 밭인들 갈 수 있었나요? 땅을 뺏기는데, 아니 땅 주인이 안 바뀌어도 홍수가 들고 가뭄이 들면 결국 어떻게 됩니까? 그 평화로웠던 요순 시절에도 7년 가뭄고 7년 홍수가 난 7년 대한이 있었지요.

자연은 믿을 수 없어요. 한번 가물면 먹을 걸 구하러 남쪽으로 어마어마한 피난민들이 떠나죠. 그러다 길거리에 쓰러져 죽어요. 오늘날 중국의 역사를 만든 사람들이 전부 그렇게 먹을 것이 없어서 남쪽으로 내려온 피난민이었어요. 거기에서 유명한 정치가가 나오고 시인이 나왔어요. 바로 그 가뭄 때 피난 내려온, 어머니의 등에 업혀서 피난 내려온, 쓰러져 죽은 어머니의 등에 업혀 어흥흥 울다가 살아난 그런 사람들. 그들이 어딜 가나요? 배도 말고, 밭도 말고, 밭 가는 거 말고 심지어 마음의 밭을 갈자, 마음의 밭을 갈자, 말하지요.

저도 인문학자, 글 쓰는 사람이지만 다 하고 싶죠. 대기업가가 되거나 정치가가 돼서 이 역사를 죄다 바꾸고 싶어요. 그렇지 않은 사람이 어디 있겠어요. 큰돈을 벌거나, 대권을 쥐거나 그러지 않고는 이 역사, 이 사회 못 바꾼다. 이게 현실이라고 말할 수 있어요. 그러나 우리가 선택할 길은 배도 말고 말도 말고 시sea파와 랜드land파와 끝없이 싸우고 끝없이 피 흘리는 이 갈등과 전쟁의 역사를 어떻게 하든지 끝내는 거예요. 불가능하더라도 가능한 한 평화적으로.

그게 바로 어질 인仁 자예요. 내가 아프지 않아도 마음이 아프면 내가 아픈 것 같은 거, 남들이 고통받으면 내가 고통받는 것 같은 거. 그래서 애덤 스미스는 보이지 않는 손에 세계를 맡기고 시장을 맡기고 서로 싸우더라도 마지막에 남의 아픔을 느낄 수 있는 모럴 센티멘트, 어질 인 자, 서로 마음을 느끼는 센티멘트, 정서가 있다고 했어요. 남의 고통을 느끼는 거죠. 그러니까 시장을 가만히 놔둬도 극단적으로 나쁜 짓은 안 한다, 스스로 균형을 만들어간다고 그랬어요. 그래서 애덤 스미스가 《국부론》을 쓰기 전에 뭘 썼을까요? 먼저 모럴 센티멘트, 인간의 도덕에 대해 썼습니다. 그러니까 밭을 가는 사람들, 뭐하는 사람들이에요? 패자 같죠? 아니에요. 말 팔고 배 팔고 밥 팔고 마지막 다다른 곳이 쫓겨간 곳이 아니라 마음의 밭으로 들어갈 기회가 된 것입니다.

요즘 인문학이 붐이다, 문사철 해야 된다, 말은 그러지요. 역사는 항상 최소한 말 탄 사람, 배 탄 사람이 지배했지 마음의 밭을 가는 사람들이 지배해본 적이 없어요. 도덕의, 평화의, 사랑의 밭을 가는 사람들이 지배해본 적이 없습니다. 그런데 왜 말 타라 배 타라 하지 않고, 심지어 밭이라도 갈라고 하지 않고 마음의 밭을 갈라고 하는 걸까요? 반도성을 회복하기 위해서는 마음의 밭을 갈아야 됩니다. 헤어짐을 앞두고 내가 여러분에게 유언처럼 말하고 싶은 것은 바로 반도성의 회복입니다. 반도성의 회복은 시파와 랜드파 사이에서는 절대로 이뤄지지 않아요. 코끼리 싸움 속 풀밭, 고래 싸움 속 새우처럼 견뎌내지 못한 것이 지난 역사였어요. 이걸 브레이크 스루, 관통할 수 있는 게 바로 반도성의 회복입니다. 그건 말 탄 사람, 배 탄 사람이 아니라 마음의 밭을 가는 사람들이 이룰 수 있어요.

삼 삼 삼

백두산 뻗어내려 반도 삼천리, 반도 삼천리예요. 삼천만, 무궁화 삼천리, 반도의 삼천만. 이렇게 우리 민족은 삼 삼 삼, 한국 사람은 3을 되게 좋아해요. 마음의 밭이라는 게 이 석 삼 자를 좋아하는 거예요. 다 똑같은 숫자인데 우리는 석 삼 자를 아주 좋아해요. 물론 외국에도 삼위일체니 뭐니 하는 말이 있지만, 외국에서는 이거냐 저거냐 하는 1, 2, 소위 디지털적인 원 제로를 중요시해요. 0이냐 1이냐, 이거냐 저거냐, 좌냐 우냐, 오른손이냐 왼손이냐 이자택일적이지요. 이미 얘기했지만 그게 디지트, 바이트, 바이너리 오퍼지션binary opposition, 전문 용어로 이항대립입니다. 밤과 낮, 사랑과 증오, 전쟁과 평화, 네 편 내 편, 모든 게 반대가 있어야 의미가 생겨나는 거죠. 이항대립이라고 그래요, 이걸.
그런데 우리는 그걸 석 삼 자, 사랑 순환으로 고쳤다 이거예요. 마음속에서 셋을 사랑했어요. 그게 무슨 뜻인가 하면 아주 쉬워요. 서양 사람들을 보세요. 축구 경기나 무슨 일을 할 때 동전을 탁 던져 가지고 딱 정합니다. 앞뒤 어느 쪽을 선택할까, 에누리가 없어요. 축구 선수들이 어느 진영 가질래 난 앞, 나는 뒤, 서로 결정한 뒤 동전을 던져서 딱 떨어지면 그만이에요. 이거냐 저거냐, 양자택일이지요.
그런데 우리는 가위바위보. 둘 아니고 셋이죠? 반도 삼천리, 3이죠? 삼천만. 삼천리. 삼세판. 단군 신화도 보세요. 전부 삼. 둘과 셋의 차이예요. 둘이라는 건 어느 하나를 선택해야 하니까 어느 하나를 죽여야 돼요. 반드시 죽여야 돼. 이걸 얻으려면 눈물 흘리며 저걸 죽여야 해요. 전문용어로 이더 오어either-or예요. 그런데 한국 사람은 셋이에요. 주먹과 보자기만 있으면 항상 이 둘이 충돌하죠. 보자기가 싸 먹을 수 있고, 보자기가 찢길 수 있죠. 그런데 셋이 돼보세요. 반도 삼천리

셋이 되어보세요. 가위바위보의 가위가 되는 거예요. 다 펴면 보자기, 다 쥐면 주먹. 가위는 반도성이에요. 반도성, 시파와 랜드파의 가운데. 그러니까 해양과 대륙 사이의 반도라는 이 가위가 잘해서 새우 등이 안 되면, 고래 이상의 강력한 힘을 가진 새우가 되면, 우주 새우가 되면, 바다와 대륙을 덮칠 수 있는 가위가 나오면 해양 세력과 대륙 세력이 충돌하는 게 아니라 가위바위보처럼 누구도 이기는 사람 누구도 지는 사람 없는 순환 관계가 되는 거예요. 자, 주먹을 보세요. 나 주먹이야. 대륙 세력이야. 난 보자기야. 해양 세력이야. 이게 나오면 지게 돼 있어요. 그러면 다 보자기가 되지 주먹이 되려고 안 해요. 그런데 이것 보세요. 보자기는 주먹을 이겼는데 가위가 나오면 어떻게 되나요? 가위는 보자기를 이기지만 또 주먹한테는 집니다.

우리 마음속에 있는 석 삼 자를 두고 가위바위보처럼 돌려서 얘는 얘한테 이기고, 얘는 얘한테 이기고, 얘는 얘한테 이기고, 얘는 얘한테 지고, 얘는 얘한테 지고, 얘는 얘한테 지고, 돌아가는 거예요. 쉽게 말해봅시다. 중국과 우리가 무역을 해서 흑자를 봐요. 일본은 한국에서 흑자가 나요. 중국은 또 일본에서 흑자를 내요. 그냥 다 도는 겁니다. 우린 중국에서 흑자를 내고, 일본은 우리한테 흑자를 내고, 중국은 일본에서 흑자를 내요. 싸울 필요 있습니까? 거꾸로 돌아보세요. 우리는 중국한테 적자가 나고, 일본은 한국한테 적자가 나고, 중국은 일본한테 적자가 나보세요. 다 죽어요. 그런데 다 똑같은 말이에요.

가위바위보라고 하면 지는 쪽으로 돌아가는 거예요. 일본 아이들은 구 ぐう(바위), 조키 ちょき(가위), 바 ぱあ(보)예요. 바위가위보라고 하면 다 이기는 쪽으로 돌아가요. 놀랍지요. 그런데 이기는 쪽으로 가면 죽어요. 봄이 여름을 이겨보세요. 여름이 가을을 이겨보세요. 계절이 거꾸로 가면 오뉴월에 서리가 내려요. 그런데 져보세요. 여름이 오니까 봄이, 봄이 졌어요. 가위가 주먹한테 졌어요. 겨울이 오니까 그 뜨거운 여름이 져요. 보한테 져요. 그런데, 다시 봄이 오니까 녹아요, 얼음이. 져주면 어떤가요. 아들이 아버지보다 잘나가요. 아버지가 아들을 이기면 대가 끊겨요. 다 죽어요. 일본 아이들은 구조키바, 그럽니다. 우리는 가위바위보, 합니다. 세상에 우연도 이런 우연이 어디 있어요?

그래서 일본은 가위바위보를 나쁜 거로 봐요. 꼼짝 못 하게 되는 거죠. 그런데 우리는 순환하는 거예요. 져주고 생성하고, 져주고 생성하고. 즉, 한 알의 씨앗이 떨어져서 죽으면 연화봉으로 퍼져요. 그게 또 퍼져요. 어떤 죽음이 씨앗을 이길 수 있겠습니까? 어떤 역사가 새롭게 탄생하는 생명을 이길 수 있겠습니까? 아버지가 아들한테 져보죠. 요즘 뭐 2030, 그러는데 젊으니까 잘났다, 젊으니까 새롭다, 늙어서 꼰대다 그러는 게 아니에요. 못났어도 잘났어도 2030이 4050, 4050이 6070보다 잘나야 돼요. 위가 잘되어서 아래를 죽여보세요. 다 끝나는 거예요. 그것이 석 삼 자의, 가위바위보의 놀라운 철학이에요. 똑같은 가위바위보인데 일본의 가위바위보는 안 돼요. 이기는 쪽으로 가니까 아버지가 자식을 이기고, 자식이 손자를 이겨보세요. 끝나는 거죠.

생성론, 존재론. 그러니까 잘 있어, 하는 건 존재론이고 잘 가, 하는 건 생성론이에요. 잘 있어, 하는 건 존재론입니다. 있는 것은 변하지 않아요. 떠나는 건 끝없이 바뀌어요.

다시 반도 삼천리로 돌아가봅시다. 여태까지 우리의 소원은 통일이라고 그랬는데, 아니에요. 우리 민족만의 통일이 아니에요, 우리가 원하는 거는. 북한은 대륙에 붙어서 대륙이 돼버렸어요. 중국의 대륙이 돼버렸어요. 한국은 끊어져서 완전히 섬이 돼버렸어요. 해방되고 광복됐는데도 단순한 분단이 아니라 반도가 없어졌어요. 독일의 분단하고는 달라요. 우리는 해양과 대륙을 아우르는 반도성이 완전히 사라져서 아시아에서, 한중일에서 반도가 사라지고 대륙과 바다만 남았어요. 중국과 일본만, 대륙 세력과 해양 세력만 남았어요. 그러니 끝없이 분쟁의 대상이 될 수밖에 없어요.

우리가 그동안 살아온 역사를 보면, 몇천 년 동안 대륙만 보던 사람들이 해양으로 나가서 무역도 하고 외국과 교류도 했습니다. 자원도 없는 나라가 이렇게 살 만하게 된 것은 대륙 지향적인 것을 해양 지향적인 것으로 바꿨기 때문입니다. 그러면 섬으로 살 수만 있으면 되는데 아니죠. 과연 미국과 중국이 붙을 때 우리가 섬일 수 있을까요? 대륙일 수 있을까요? 일본하고는 또 다르죠. 그렇다고 기회주의자가 돼서 적당한 때를 보면서 미국에 가서 붙고 중국에 가서 붙을 수는 없지요. 그래서 가위바위보와 반도성 회복이 가장 큰 키워드입니다.

자, 서양 사람들은 동전을 탁 던지고 딱 정합니다. 그런데 세워보세요. 동전을 세워보세요. 동전은 동그랗지요. 동그란 동전을 세워보세요. 선이 됩니다. 선이 돼요. 사각형이 됩니다. 놀랍지요. 동전 세우면, 새로운 동전이 보입니다. 동전 던지기로는 안 됩니다. 이거냐 저거냐 가지고는 안 됩니다. 이게 바로 반도성의 회복입니다. 이것은 한 나라의 정치적 문제가 아닙니다. 인류의 사고 패턴을 이항대립에서, 바이너리 오퍼지션에서 삼항순환으로 바꾸지 않는 한, 인류는 멸망의 끝을 향해서, 고속철도보다 몇십 배나 빠른 속도로 멸망의 길을 향해서 걸어갈 수밖에 없습니다.

반도성의 회복은 한국 사람의 소원이 아니라 우리의 소원입니다. 그 '우리'는 한국 사람만을 뜻하는 게 아니라 전 세계 전 인류를 뜻합니다. 반도성을 회복해야 합니다. 모든 사고방식, 모든 마음의 밭을 그렇게 갈아야 합니다. 이것이 내가 말하는 키워드 중 가장 큰 키워드이고, 여러분들이 부를 노래라고 생각하는 것입니다.

자, 그러면 결론을 빨리 내려보지요. 우리는 반도성을 잃었어요. 다섯 가지 키워드로 원숭이, 사과, 바나나, 기차, 비행기

이것을 쫓아가다가 많은 걸 잃어버렸어요. 새로운 문명을 가지려다가 우리를 잃어버렸어요. 잃어버린 반세기, 잃어버린 100년이지요.
백두산 뻗어내려 반도 삼천리의 반도성을 회복할 수 있는 에너지는 서양에서 가져와야 돼요. 비행기에서 가져와야 되고, 바나나에서 가져와야 돼요. 남들이 가지고 있어요, 우리보다. 한국은 100년 동안 우리 거 다 내주고 버려뒀어요. 내가 늘 하는 얘기지만. 버려뒀어요. 개화기 때 버린 거죠. 그 양극화, 그 현대 문명이 가지고 있는 이항대립의 세계를 이렇게 근대화하고 이렇게 산업화하고 이렇게 오늘날 근대 문명의 기계화가 이루어지는 그 틈바구니에 한국 사람들이 버려두었던 자원이 있는 거예요. 그러니까 원숭이를, 사과를, 바나나를, 기차를, 비행기를, 그 모든 것을 백두산으로 끌어들일 수 있는, 삼천리에 퍼트릴 수 있는 버려둔 자원이 있는 거예요. 이렇게 우리가 버려두는 것에는 어떤 것들이 있고, 어떤 가치가 있을까요?

5G, 누룽지 · 묵은지 · 우거지 · 콩비지 · 짠지

파이브 지5G, 이동통신이 떠오르지요? 내가 말하려는 5G는 좀 달라요. 우리가 버려두는 다섯 가지가 있어요. 밥을 짓다가 타면 다른 사람들은 다 버립니다. 탔으니까 못 먹거든요. 밥이 타면 딱딱한 누룽지가 되죠. 또 김치가 쉬면 그거 못 먹어요. 쉽게 말해 썩은 거죠. 우리는 그것을 묵은지로 만들어요. 누룽지하고 묵은지는 별미지요.

지금 한식당에 가보세요. 일부러 밥 태우고 일부러 묵은지 만들어내는 특별 가공을 합니다. 없어서 쓰레기를 주워 먹는 게 아니에요. 버려두었기 때문에 기막힌 새로운 면이 드러나는 게 누룽지고, 그리고 묵은지예요.

이런 것은 또 있어요. 콩비지를 생각해보세요. 콩비지는 돼지도 소도 안 먹어요. 영양분이 아무것도 없는 톱밥이랑 똑같아요. 그런데 우리는 이 콩비지를 가져다가 기가 막힌 요리를 만들어요. 세상에 콩 안 먹는 나라가 없는데, 콩잎하고 콩비지 먹는 거는 한국 사람만의 특징이에요. 다들 그냥 버려요.

또 있어요. 아까 콩잎 이야기를 했지만 못 먹는 무청, 배추 겉잎도 다 버려요. 김장할 때 보세요. 벌레 먹거나, 겉의 누렇게 변한 잎들은 다 버려요. 그걸 버리지 않고 모아둔 것이 시래기, 우거지예요. 쓰레기가 시래기가 돼요. 우거지, '지' 자 붙은 것은 또 있어요. 콩잎을 가져다가 간장이나 된장에다 박아보세요. 짠지가 돼요. 콩잎 짠지가 돼요. 토끼도 안 먹는 콩잎을 우리는 먹어요.

이게 5G예요. 말을 꾸며서 재미있게 하려는 게 아니고 먹는 음식에서, 부정적인 것이나 버리는 것에서 새로운 것을 재발견하는, 고통 속에서 행복을, 눈물 속에서 웃음을, 독약 속에서 약초를, 잡초 속에서 약초를 꺼내는 놀라운 힘이지요.

이런 놀라운 힘을 예술에서 찾아볼까요? 백남준을 아시나요? 백남준은 완전히 버려둔 것으로 세계를 제패한 사람이에요. 외국에 가서 백남준이 비디오 아트 설치해놓은 것을 보면 전부 넝마 주워다가, 버린 것 가져다가 만들었어요. 우리 어머니들, 누님들은 아무짝에도 쓸모없는 자투리 천을 모아두었다가 색깔과 모양이 잘 어우러지는 기가 막힌 조각보를 만들어냈어요.

어찌 음식과 물건 만드는 데만 그런 힘이 발휘됐겠어요. 우리 사상 속에는 다 버린 줄 알았는데 그냥 둠으로써 새로운 자원을 만들어내는 놀라운 재능이 있어요. 이게 지금부터 우리가 할 일이에요. 나는 그걸 막문화라고 부르고 싶어요. 이 막문화는 버려도 그냥 버렸던 거예요. 그러니까 양극화하지 않고, 가위처럼 그냥 버려두었던 것을 우리는 융합시켰지요. 버리는 것과 이 모순을 갖다 붙인 거예요.

버려둔 걸 찾는 게 막문화예요. 서양 것이 들어오면 우리 토박이 문화는 밀려나요. 주류 문화가 외래 것이 되고 우리 것을 억누르면 우리 것은 버릴 수밖에 없게 돼요. 한자가 들어오자 우리 한국말을 버렸지요. 내가 늘 하는 얘기인데, 동해하고 말아요? 동해, 한자죠. 동해 바다. 그래요. 동해가 다시 바다를 버려둔 거죠. 우리 한글을 갖다가 버려둔 겁니다. 버려뒀어요.

시골에서 먹는 콩잎 장아찌. 콩잎 장아찌로부터 세계적으로 주목받는 미디어아트 백남준의 예술에 이르기까지 그 근원에는 '버려둬'의 철학이 있어요. 그러면 그 버려둔 것들을 통틀어서 뭐라고 말할 수 있을까요? 그 모든 걸 다 합치면 그것이 막문화, 내가 말하는 막문화라고 할 수 있어요.

내가 지금 다시 젊어진다면 인문학을 해보고 싶어요. 우리나라에는 제대로 된 주류가 있으면 그 이면에는 반드시 버려두는 막문화가 있어요. 우리는 한자로 말하면 점잖다고 합니다. 노인이라고 하면 점잖다고 해요. 그런데 늙은이라고 해보세요. 큰일 나죠. 늙은이라고 하면 막말한다고 비난받아요. 노인은 한자 말로, 주류를 이루는 점잖은 말이에요. 한자 문화에 먹혀서 우리는 순수한 토박이말을 다 버려뒀어요. 그냥 버리지 않고 둬뒀어요. 그렇기 때문에 막말은 아주 나쁜 말처럼 됐고, 사실 또 나쁘게 생각되지요. 그런데 욕할 때 점잖은 말로 한번 해보세요, 실감 나나.

한국은 욕 문화가 굉장히 발달했어요. 잘 쓰면 인기 끌어요.

욕쟁이 할머니처럼 말이에요. 왜 그럴까요? 이런 말들은 버려둔 말이에요. 우리는 버려둔 것에 대한 향수가 있어서 할머니들이 악의 없이 막 욕을 하면 속이 다 시원하고 정이 붙어요. 우리는 정을 느끼고 사랑을 표현할 때 욕을 합니다. 거꾸로 욕을 합니다. 막말 속에 숨어 있는 한국의 정서가 있어요.

막문화가 뭘까요? 막사발, 우리가 개 밥그릇이라고 하는 막사발이 있어요. 막 만드는 거죠. 유약을 칠하고 거기다 곱게 그림을 그리고 한 것이 아니라 대충 빚은 듯한 거친 막사발도 막문화라고 할 수 있어요. 일본에 가보세요. 이도다완이라고 부산 지역에서 만든 건데 고려청자보다 막사발로 막 만든, 한국의 그 투박하고 소박한 것이 일본에서는 국보 대접을 받고 있어요. 일본에는 한 나라나 성하고도 바꾸지 않는다는 우리 막사발이 있습니다.

막춤, 허드레 춤이죠. 시골 노인네들이 막 추는 춤, 그것을 막춤이라고 그래요. 우습게 보죠. 달리는 관광버스에서 서 있기도 어려운데 거기에서 막 춤출 수 있는 건 한국 사람밖에 없어요. 효도 관광을 한번 생각해보세요. 창에는 커튼을 다 내려서 바깥 구경도 하지 않고 할아버지 할머니들이 춤을 춥니다. 달리는 관광버스에서 춤을 춘다는 것은 생각보다 쉬운 일이 아니에요. 저 아르헨티나, 저 남미, 저 브라질의 삼바 잘 추는 사람에게 버스에서 한번 춤을 춰보라고 해보세요. 못 해요. 그 춤은 다리로 추는 거잖아요. 그런데 우리나라는 어깨춤입니다, 어깨춤. 그러니까 그때그때 쏠릴 때마다 반동으로 춤을 추지요. 어느 쪽으로 쏠릴지 몰라요. 어떻게 움직일지 몰라요. 위기에 강하다는 게 바로 그런 겁니다. 예측 불가능한 요동 속에서 그때그때 적응해서 밸런스를 맞추는 거예요. 균형을 맞추는 거예요. 출렁출렁 바깥에서 움직이는 것에 균형을 맞춰 어깨춤을 추는 거예요.

막춤에 서양 양식이 들어간 것이 말춤입니다. 50억 명이 다운받은 말춤. BTS도 마찬가지예요. 한 발이 아니라 어깨춤을 중심으로 한 놀라운 한국의 균형과 조화, 또 임기응변의 놀라운 얘기들, 예상할 수 없는 그러한 춤들이 막춤인 거예요.

실제로 파리의 극장을 빌려서 강원도 저 산골 어딘가에 계시는 노인들을 초대해 막춤을 추게 했어요. 처음에는 저게 무슨 춤이냐고 그랬는데 끝날 무렵이 되자 전부들 춤을 추고 있었어요, 관객이고 뭐고 신이 나서 춤을 추고 있었어요. 규격화

되고 양식화된 것만 춤인 줄 알았던 그들이 자연발생적으로 강물이 흐르는 듯한, 바람이 부는 듯한, 나무가 흔들리는 듯한 그 몸짓에서, 잃어버린 원시시대부터 추던 그 춤에서 신바람을 느낀 겁니다.

또 막국수라는 게 있어요. 가물어서 도저히 먹을 게 없을 때 메밀을 가지고, 거친 메밀을 가지고 만든 게 막국수입니다. 그런데 막국수 한번 먹어보세요. 별미죠. 제대로 양념한 국수가 따라오지 못하는 한국의 그 구수한 맛. 맛없는 맛. 심심한 맛. 한국 최고의 맛은 심심한 맛이에요, 심심한 맛. 슴슴하다고 그러죠. 슴슴한 맛, 맛없는 맛. 그것이 막국수예요.

이런 예는 끝이 없어요. 막김치. 머슴들이 먹는 머슴 김치예요. 내가 어렸을 때 여러 번 졸라대야 머슴 김치를 먹을 수 있었어요. 대충 소금만 뿌린 김치인데, 제대로 만든 김장김치가 따라올 수 없는 독특한 맛이 있었어요.

따져보면 신 중에서 우리 삼신할머니는 막신이죠. 다른 신들은 다 신전이 있고 제단이 있고 사원이 있는데, 삼신할머니는 신은 신이지만 부뚜막에 놓인 요만한 단지에 들어 있어요. 우리 생명에 제일 가까운 삼신함은 막신이에요. 제주도의 돌하르방, 돌할망 같은 것도 마찬가지예요. 그게 우리 토착 문화고, 원형 문화예요. 버려둬, 막문화, 그게 오늘날 전 세계에 없는 우리의 체질 문화인 겁니다.

호미, 심마니, 해녀 그리고 바나나 우유

사람들이 정보를 캐 와라, 하고 말하지요. '캔다'는 말이 뭘까요? 옛날 채집 문화에선 호미를 들고 나가서 뿌리를 캤어요. 열매는 따 먹고 뿌리는 캐 먹었어요. 정복해 와라. 놀랍지 않나요? 21세기 IT 강국인 한국에서 사람들이 옛날 원시적인 채집 문화 사회에서처럼 정보 좀 캐 와, 따 와, 그래요. 최근 외국에서 호미 가지고 난리가 난 것도 흥미로워요. 외국에서는 다들 서서 일하는데 뿌리를 캘 때 서서 하면 캐질까요? 삽으로 하면 캐질까요? 호미로 아주 섬세하게 캐야 해요.
우리는 앉아서 밭을 갈아요. 서양 사람들, 외국 사람들은 다

서서 하지요. 캐는 문화가 아니에요. 인터넷으로 호미가 지금 외국에서 얼마에 팔리는지 검색해보세요. 영어로 'Homi'라고 돼 있어요. 외국인 원예가 할머니가 정원을 가꾸면서 세상에 어디서 이렇게 맛깔스러운 기묘한 물건을 만들었냐고 감탄하는 장면이 나와요. 이 짧은 호미는 채집 시대의 문화를 간직하고 있는 기구예요. 아니, 버려두었던 거죠.
심마니 아세요? 지금도 저 깊은 산속에 들어가서 산삼을 캐는 심마니. 전 세계에 심마니가 있는 나라가 어디 있어요? 그런 채집민이 어디 있어요? 그런데 산에만 있을까요? 바다에 가보세요. 전복은 절대로 낚시나 그물로는 못 잡아요. 사람이 들어가 따야 돼요. 세상 없는 장비를 가졌어도, 별세계에 없는 장비를 가졌어도 산삼은 심마니가 아니면 안 돼요. 전복은 해녀가 아니면 안 돼요. 현대적인 장비가 있지만 그런 장비를 이용하지 않고 사람 스스로의 힘으로 일하는 제주도의 해녀, 잠녀들. 지금 다 70대가 되셨지만 수천 년 전부터 바닷속에서 산속에서 이어져온 해녀 문화와 심마니 문화를 갖고 있는 나라가 지구상 어느 곳에 있습니까?
버려둬가 5G가 되고, 5G가 지금까지도 남아 있어요. 김을 먹고 산모가 미역을 먹는 우리 일상생활 속에 수십만 년 전 채집 문화가 그대로, 버려둔 것이 그대로 살아 있는 거예요. 이것을 이용하는 것이 바로 세계를 제압하는 거예요.
한 가지 예를 더 들어볼까요. 바나나 우유 있지요. 우리나라에 바나나가 들어왔을 때 놀라운 걸 만들어냈어요. 외국 사람들에게 한국에서 제일 맛있는 게 뭐냐고 물으면 김치 이런 게 아니에요. 바나나 우유예요, 바나나 우유. 우유는 낙농으로, 동물한테서 나오는 것이지요. 그러니까 목축 문화예요. 바나나는 저 숲에서 만들어내는 거니까, 열대 지방에서 만들어내는 거니까 전혀 다르죠. 이 두 가지를 섞을 생각을 합니다. 바나나에다가 우유를, 우유에다가 바나나를 넣습니다. 외국 사람들은 우유에다가 바나나를 넣는다는 것은 상상조차 할 수 없었어요. 그래서 우유의 본고장, 바나나의 본고장 사람들이 한국에 와서 바나나 우유를 먹고 그 맛에 놀라워합니다. 한식의 특성은 융합하는 거예요. 한식의 특성이 바로 이 바나나 우유에 있어요. 앞서 얘기한 조각보도 마찬가지이지요.

깃털 묻은 달걀

모든 버려둬의 뒤에는 고통스럽고 어려운 것을 새로운 희망으로 바꾸는 마법, 그런 힘이 있어요. 그것을 나는 깃털 묻은 달걀로 말하고 싶어요.
앞서 기차 애기를 했습니다. 기차를 생각하면 제일 쓰라린 게 뭐예요? 삼등 열차, 막차, 야간열차, 그리고 비가 내리는 궂은 날. 우리나라의 기차 노래는 뭐라고 했습니까? 전부 보슬비가 내려요. 12열차, 막열차, 야간열차, 완행열차, 그것도 호남선. 경부선도 아니고 호남선. 이런 어려운 환경은 트로트 가사에 나타난 게 전부가 아니에요. 실제로 가보면 지옥이라

할 만한 3등칸 완행열차, 비 내리는 야간열차에서 놀라운 일들이 벌어져요. 한옆에서 조니까 "절 좀 그만하시오"라고 해요. 거기서 서로 또 싸워요. 또 새우젓, 젓국 같은 게 흘러서 냄새난다고 싸웁니다. 정말 지옥 같죠. 기차가 빨리나 갑니까? 그런데 그것만 보면 지옥인데 한옆에선 어때요? 할머니들이 삶은 달걀 내놓고 절대 혼자 안 먹습니다. 나도 삼등 열차, 완행열차를 타봤어요, 학생 시절에.

우리나라 기차를 이야기할 때 삶은 계란, 이거 모르면 한국인이 아니에요. 먹을 것도 없는 각박한 시대, 삼등 완행열차 안에서, 서로 싸우는 그 속에서 놀라운 파티가 벌어집니다. 낯선 사람들, 처음 본 사람들이 꾸역꾸역 먹을 걸 내놓습니다. 대표적인 것이 삶은 달걀이에요. 기차, 완행열차의 맛은 바로 삶은 달걀의 맛이에요. 이 세상에서 제일 맛있는 달걀이지요. 완행열차, 비 오는 날 후덥지근하고 사람 많은 그 열차 안에서 할머니들이, 옆에 앉았던 사람들이 "학생, 이거 먹어봐" 하고 삶은 달걀을 까서 줄 때의 그 맛.

달걀 하면 떠오르는 기억은 또 있습니다. 외할머니 댁에 가면, 왜 외할머니 댁은 꼭 시골에 있어야 하는지 모르겠지만,

시골 외할머니 댁에 가면 빨간 감나무, 그리고 닭 몇 마리가 꼭 있어요. 외할머니 댁에 가면 또 때를 맞춰서 암탉이 알을 낳아요. 꼭게 ㄲㄲㄲ 하고 자랑스럽게 소리를 지르면 그때 맨발로 달려가 깃털 묻은, 따끈따끈한 깃털 묻은 달걀을 가지고 와요. 외할머니는 바늘로 달걀 껍데기를 톡톡 찔러서 외손자한테 먹여줘요. 생으로 그걸 먹습니다. 미지근한 생명의 맛이 배어 있어요. 바로 기차에서 낯선 할머니가 "학생 여기 와서 이거 같이 먹어" 하고 내줬던 삶은 계란의 맛이에요.

외할머니의 따뜻한 손길, 여전히 미지근한, 생명의 열기가 채 식지도 않은 그 깃털 묻은 달걀의 정. 모든 게 다 식어서 없어지고, 모든 것이 차갑게 냉각돼서 그야말로 엔트로피가 증대돼서 이 세상의 모든 생명체가 사라지더라도 깃털 묻은 달걀의 정이 남아 있는 한 인간은 살아 있을 거예요. 인간들이 저지른 범죄가 아무리 크더라도 깃털 묻은 달걀의 그 맛을 나누고 지켜왔던 사람들은 결코 인간으로 태어난 것이 후회스럽지 않을 거예요. 한국인으로 태어난 것이 결코 창피하지 않을 거예요. 내가 없는 세상에서도 이 깃털 묻은 달걀의 정을 잊어버리지 않는 한, 한국이 아무리 잘살고 세계 1등 국가가 돼도 그것은 그들의 생을 모방한 다섯 가지 키워드의 연장에 불과할 거예요.

코로나가 전 세계에 휩쓴 뒤 서로 병에 안 걸리려고 병 걸린 사람들을 죄인 취급하고 어제까지 친했던 친구가 병에 걸리면 접근 불가능한, 접촉할 수 없는 인간이 되는, 인간을 피해야 하는 최악의 시대가 되었어요. 이 최악의 시대에 우리가 살아가는데 있어서 무엇이 필요할까요? 코로나 이전부터 지금까지 내가 한 말을 전부 종합해보면 디지털과 아날로그가 하나되는 디지로그의 세계, 접속과 접촉이 하나되는 디지로그의 세계, 피와 눈물이, 피와 땀이 서로 싸우는 게 아니라 서로 어울리는 눈물 한 방울의 세계가 필요합니다. 그게 바로 깃털, 깃털 묻은 달걀의 눈물 한 방울이죠. 그게 바로 디지로그의 세계예요. 그게 바로 생명자본의 세계입니다.

코로나를 겪으면서 느낀 것은 내가 작은 책으로 엮은 디지로그와 생명자본, 내가 없는 세상에도 디지로그라는 말, 생명자본이란 말이 살아 있다면 여러분이 잘 가라고 손을 들어줬을 때 나는 정말 잘 갈 수 있고, 잘 있어, 라고 말할 수 있을 겁니다. 내가 없는 세상에서도 여러분은 행복한 한국인으로서 새로운 인류를 끌고 갈 새로운 키워드를 뒤집어서 반도 삼천리의 그 말로 전 세계의 반도성을 회복시켜서 시파와 랜드파가 충돌하는 수천 년의 역사를 화합하고 융합하고 상생하는 삼항순환의 가위바위보 같은, 돌고 돌아서 지는 사람 없고 이기는 사람 없는, 금 은 동이 아닌 가위바위보의 순환하는 세계를 버려둔 우리의 그 문화 속에서 꽃피우게 되지 않을까. 이것이 여러분과 헤어지면서 내가 평생 걸어온 길과 그리고 앞으로 내가 없는 세상에서도 내가 여러분과 함께 있을 수 있는 한마디 말, 남겨두고자 하는 말입니다. 디지로그, 생명자본, 눈물 한 방울, 이러한 몇 가지 언어들이 여러분의 가슴속에 남아서 울리는 것, 그것이 여러분이 손 흔들어주는, 잘 가라고 하는 마지막 인사말이 될 것이고 잘 있어 하고 말하는 저의 마지막 인사말이 될 것입니다. 여러분 정말 잘 있으세요.

드론과 생명자본

앞서 비행기 얘기를 했지요. 종이비행기 날리던 소년이 서울대학교 신입생들에게 떴다 떴다 비행기 얘기했다고 그랬잖아요. 지금의 나에게 비행기는 이미 먼 옛날이야기가 됐어요.

앞서 생명자본을 말했는데, 드론을 가지고 농사를 짓는 1인 농장이 있어요. 여러분이 앞으로 한 발짝 더 나아갔을 때, 도시에서 노인연금으로 사는 은퇴자들은 그냥 연금으로 살 게 아니라 대대로 물려받은 자기의 농토가 조금이라도 있으면 시골로 내려가 미래 먹거리 산업을 해보세요. 드론을 띄워서 전체 위탁만 하면 마치 오락을 하듯 자연과 친해지면서 자기가 좋아하는 것을 만들고 그것으로 수입을 얻을 수 있어요. 게다가 이는 건강을 돕는 일도 되지요.
앞으로 드론과 3D 프린터, AI 이런 것들이 합쳐지면 도시의 집중이 완전히 순환하게 될 겁니다. 농촌으로 내려가서 과수원이든 자기가 좋아하는 특수작물이든 직접 기르는 것이 아니라 드론이나 새로운 AI의 힘을 갖고 어떤 기업이 농사를 함께 지어주는 협업을 하게 되면 누구나 쉽게 농업을 할 수 있는 시대가 되어 1인 농장 시대가 열릴 겁니다. 그렇게 되면 말년에 자기가 하고 싶었던 일을 계속하면서도 농부로서 농사짓던 옛날 할아버지나 할머니 때처럼 또 한 번 옛날 생활을 즐길 수 있게 될 겁니다.
내가 말하는 생명자본은 다섯 분야에서 벌어질 겁니다. 첫째, 먹거리예요. 오늘날 모든 먹거리에는 발암물질이 있다, 살찐다 등등 네거티브한 여러 가지 요소가 있어요. 식품 산업이라는 것이 직접 농사지어서 내가 먹는 게 아니기 때문에 그렇게 된 거지요. 섬에 사는 사람들이 만든 배는 뒤집히는 일이 없어요. 자기가 만든 배가 뒤집히면 죽는데 아무렇게나 만들겠어요? 지금 우리는 내가 먹을 것을 남이 만들어주죠. 어머니가 만들어주시는 게 아닙니다. 어머니의 손이 아니에요. 그렇기 때문에 식품 산업이라든지 유전자 조작이라든지 먹거리를 믿을 수 없게 되었어요.
생명자본은 먹거리가 바로 생명과 직결되는 농업 분야에서 일어날 거예요. 이것은 산업사회, 소위 말하는 공업 위주로 만들어진 오늘날 공산품 중심의, 공장 중심의 농장이 아니에요. 공장 중심의 농장에서는 조금이라도 쓸모가 없으면 버렸어요. 그래서 농업을 다 버렸던 거예요. 농사를 짓더라도 공업과 똑같이 했죠. 닭을 길러도 완전히 반도체 공장처럼 달걀이 밑으로 쏟아지면 자동적으로 패키지돼 나갑니다. 공장이죠, 공장. 알 낳는 공장이죠. 그리고 우리 젊은이들이 잘 가는 맥도날드에 가면 먹는 그 감자, 그게 특수한 감자거든요. 전 세계에 그 감자들이 퍼져 있어요. 이렇게 먹는 문제에서 혁명이 일어나요. 그렇게 생명자본주의는 농업에서부터, 먹거리에서부터 시작될 겁니다.
농업은 산업사회 때부터 버려져 있었습니다. 그런데 이런 일을 하려면, 드론이니 뭐니 하려면 교육을 받아야 돼요. 세상은 너무나도 빨리 움직이고, 새로운 기술을 자기 생활 양식과 접목시키려면 교육이 필요하지요. 그런데 교육 기관은 지금 제일 뒤처져 있는 곳 중 하나예요. 의무 교육이다 뭐다 국가가 만들어준 커리큘럼으로 교육을 하니까 교육이 세뇌가 되어버리고, 다 낡은 틀이다 보니까 천재들을 바보 만드는 게 학교라는 소리가 나옵니다. 그래서 탈학교 운동까지 벌어지고 있습니다. 규격화된 학교, 일정 기간 동안 콩나물시루같이 아이들이 모여서 배우는 우리의 학교 제도가 얼마나 위험하고 건강이나 뇌나 정신에 얼마나 나쁜 영향을 주는지 깨닫게 됩니다. 교육 혁명이 반드시 필요하다는 거죠. 그중에서도 생명자본 교육이 중요합니다.

이번 코로나 사태 때 백신 보셨죠. 의료, 건강이 가장 중요해요. 병이 났다 하면 이미 꺼진 거예요. 병원에 가면 이미 진 거예요. 병원에 가지 않기 위해서는 선제의학이 발달해야 되고, 병에 걸리기 전에 병을 예방할 수 있는 예방의약이 발달해야 되고, 그것도 한 사람 한 사람 각자 자기 체질에 맞도록 맞춤 의학 같은 것들이 이루어져야 돼요. 이번 백신 사태에서 보듯, 그 어느 분야보다도 생명자본 교육은 인류에게 있어 급선무입니다.

그다음은 엔터테인먼트입니다. 예전에는 노는 것을 큰 죄악으로 생각했지만 지금은 그렇지 않아요. 앞으로 AI가 모든 공장의 생산성을 몇천 배, 몇만 배로 올리면 모든 게 과잉 생산될 겁니다. 그러나 엔터테인먼트 분야에는 과잉 생산이라는 게 없지요. 즐기는 것이기 때문에, 노는 것이기 때문에.

인류가 생긴 뒤 오늘날에 이르기까지 지금 현재 우리가 노동에 제일 많은 시간을 쓰고 있다고 합니다. 구석기 시대, 채집 시대에 사람들은 하루 일하면 며칠은 그냥 먹었어요. 그런데 오늘날에는 맞벌이를 해도, 두 사람이 벌어들여도 옛날 혼자서 벌던 것만큼 수입이 안 됩니다. 문명문화라는 게, 생명자원으로 감으로써 행복이 뭔지 알려주고, 즐기고 누리는 삶의 질을 높이는 엔터테인먼트 산업이 앞으로 생명자본의 중심이 될 겁니다.

마지막으로 인지과학입니다. 이성을 중심으로 한 과학 기술이 아니라 인간의 마음을 연구하는, 열 길 물속은 잴 수 있지만 한 길 사람 속은 재지 못하는 정량적 방법을 정성적 세계로 돌려서 연구하는 인지과학 분야의 느끼고 생각하는 그 분야, 새로운 인문학이 대두돼야 합니다.

농업, 의료, 교육, 엔터테인먼트, AI, 인지지혜. 지혜라고 말하면 좋죠, 지혜 산업. 이 다섯 가지가 내가 말하려는 생명자본입니다. 이것을 우리가 놓치지 말고, 버려둬의 유산을 가지고 이 다섯 분야에서 한국이 앞서갈 때 산업주의의 뒷마당에서 이삭을 줍듯 찌꺼기를 줍는 그런 산업이 아니고, 그런 우등생이 아니고, 인류가 벌판에서 헤맬 때 마치 모세처럼 살길을 향해 지팡이를 들고 삶의 가나안 땅을 가리키고 꿀과 젖이 흐르는 그곳을 향해서 전 인류가 새로운 문명으로, 새로운 땅으로 찾아가는 원대함, 내가 없는 세상의 여러분이 해내실 큰 과업의 하나가 아닌가 생각합니다.

생명자본. 이것이 내가 여러분에게 드리는, 그것도 아직 완성되지 않아 귀엣말로 몰래 말씀드리고 가는, 우리의 내일에 다가올 문명입니다. 아직도 화석 인간처럼, 살아 있는 화석 인간처럼 우리의 버려둔 문화 속에 남아 있는 해녀와 심마니. 전 세계에 없는 심마니, 그리고 해녀의 그 숨소리, 숨비소리. 마지막 전복을 따고 나와 내쉬는 참고 참았던 호흡, 그 힘. 참았던 그 고통과 해상으로 올라와서 내쉬는 그 숨비소리. 그 소리가 심봤다 하는 소리와 함께 고래 싸움에 등 터졌던 그

고난의 시기를 이겨내고 새로운 반전극을 쓰는 놀라운 새 역사의 주인공이 되는 그러한 날, 내가 여러분과 작별하면서 꿈꾸고 행복해하는 그러한 한순간의 인사말이라고 생각해주시면 감사하겠습니다. 감사합니다.

나의 헤어질 때 인사말, 잘 가 잘 있어

영어의 굿바이goodbye, 스페인어의 아디오스Adiós. 세상에는 헤어지는 인사말이 많아요. 세상의 헤어지는 말들은 아주 복잡하고, 경우에 따라 여러 가지 말이 있습니다. 우리도 예외가 아니에요. 그러나 헤어지는 인사말을 간편하게 줄이면 딱 한마디, 잘 가, 잘 있어, 입니다. 특히 한국말이 그래요. 기차역에서 사랑하는 사람과 이별했다든지 친척이나 아버지, 형님, 누님들을 멀리 떠나보냈다든지 그러한 기억이 아니라도 누구나 어렸을 때 잘 가, 잘 있어, 라는 말을 해봤을 겁니다.

나도 생각이 나요. 어렸을 때 어린아이들이 신나게 놉니다.

•

동네 마당, 골목 이런 데 모여서 좋아하죠. 그런데 누군가, 누구의 누이라든지 형이라든지 와서 "야, 집에서 불러. 빨리 와" 그러면 한 아이가 떠납니다. 그랬을 때 그 아이와 우리는 인사말로 잘 가, 그러면 잘 있어, 라고 말합니다. 섭섭한 표정을 하면서 미련이 남은 얼굴로 잘 있어, 그럽니다. 잘 가라고 인사받은 아이는 놀던 아이들 중에서 사라집니다.
나머지 애들도 그런 순서로 누구야 밥 먹어라, 이러면 또 한 애가 놀다 말고 아직 놀 것이 많이 남았는데, 신이 났는데도 도중에 포기하고 뭔가 미련을 남기면서 또 잘 있어, 그래 잘 가, 라고 인사합니다. 이렇게 수없이 인사말을 하다 보면 마지막에 남는 한 아이가 있습니다. 그 아이가 빈터에서, 놀던 마당에서 뛰어놀까요? 혼자서는 놀지 못하죠. 빈 마당 빈 골목에선 혼자 있을 수 없습니다. 결국은 그 아이도 떠납니다. 왁자지껄 신나게 놀던 아이들은 다 어디로 갔을까요? 어둠만 가득 차 있는 골목길에는 저녁 별들이 뜹니다. 그 생기발랄하게 놀던 골목길, 시골 마당, 동네 마당에는 정적이 쌓입니다.
어렸을 때 경험한 것은 커서도 마찬가지예요. 세상은 떠납니다. 영영 떠나지 않더라도 우리는 항상 작은 이별과 작은 죽음을 경험합니다. 그러기 때문에 우리가 함께 있을 때, 함께 놀던 때, 그것을 역사적으로 개인의 체험을 더 확장시키고, 개인이 겪었던 일들을 집합지, 여럿이 생각해내는 집합지, 그리고 집합적인 기억들, 서로 나눈 기억들, 개인의 사사로운 기억이 아니라 개인의 기억이자 우리의 기억들, 그것을 다섯 가지 키워드로 나눠 여러분과 함께 있었을 때의, 개화 100년 동안의 이야기를 나눴던 것입니다.

되풀이하면 원숭이 엉덩이는 빨개, 라는 어렸을 때 부르던 노래, 동네 마당에서 놀면서 부르던 노래, 이 터무니없고 줄거리도 없는 줄 알았던 그 황당무계한 노래 속에는 아주 중요한, 우리가 공유하고 있는 다섯 가지 낱말이 있었습니다.

원숭이, 사과, 바나나, 기차, 비행기. 앞서 얘기한 대로 우리 것이 아닙니다. 개화기 때 우리가 문명 개화를 했을 때 외국 사람들이 몰려왔습니다. 원숭이도 1910년 20세기가 시작되던 그때 우리의 창경궁이 동물원으로 바뀌면서 처음 들어왔습니다. 물론 이전에도 일상생활에서 원숭이를 만나보기는 했습니다. 납 신 자의 신, 자축인묘의 신. 원숭이 띠입니다. 또《서유기》에 삼장법사를 수행하는 손오공의 모습으로 나타납니다. 그러한 상상 속의 원숭이가 아니라 개화와 함께 실제 원숭이를 만나게 됩니다. 그리고 원숭이와 비슷한, 나와 다른 외국인들을 만나게 됩니다. 가깝게는 중국 사람들, 일본 사람들이 우리에게는 원숭이처럼 보였어요. 특히 개화기에 보게 된 서양 사람들의 생김새는 우리 모습과 아주 달랐기 때문에 원숭이로 생각되었는지도 몰라요. 그런데 이러한 원숭이들이 100년을 살아오는 동안 어떻게 됐나요? 원숭이 엉덩이가 아니라 원숭이에 대해 새로운 인식을 갖게 되었습니다. 원숭이 엉덩이가 아니라, 개화기 때 우리에게 충격을 주었던 짐승 같은 인간관, 짐승과 인간의 한계가 묘했던 그러한 인간관이 아니라.

지난 세기 가장 위대한 발견은 크릭과 왓슨의 유전자 DNA 발견이지요. 우리의 생각과 세계관, 인간관을 확 바꿔버린 DNA라고 하는 것이죠. 과학을 잘 모르는 사람들, 생물학에 관한 지식이 없는 사람들도 위기의 DNA, 한국의 DNA라는 말을 쉽게 올리는 것처럼, DNA는 누구나 쓰는 하나의 중요한 키워드가 되었습니다.

DNA 못지않은 큰 발견이 바로 원숭이나 인간에게만 미러

•

시냅스가 있다는 발견입니다. 원숭이의 뇌 속에는 미러 시냅스라고 하는 거울 같은 게 있어요. 그래서 모든 짐승 가운데 인간처럼 남이 아파하면 자기도 아프게 느껴지고, 남이 피를 흘리면 자기가 흘리는 거 같고, 그리고 기쁜 일이 있으면 서로 그것이 자기 일처럼 느껴져서 같이 어울려서 공유합니다. 외국 사람들이 처음 우리나라에 왔을 때는 남이었지만, 마치 우리와 다른 원숭이처럼 느껴졌지만, 같은 혈액형이면 내 피를 흑인에게, 백인의 피를 우리에게 수혈할 수 있습니다. 그와 마찬가지로 서로 공감하고 느끼는, 비록 남이라 할지라도 그가 흘리는 피가 내가 흘리는 피와 같다고 느끼는, 그가 흘리는 눈물이 내가 흘리는 눈물과 같다고 느끼는, 그런 공감할 수 있는 능력이 모든 생물 가운데 딱 원숭이하고 인간에게만 있는 겁니다.

원숭이들이 흉내 잘 내는 것도 바로 미러 시냅스 때문이에요. 내가 막 춤추면 원숭이들이 흉내 냅니다. 뇌 속에 거울이 있기 때문에 그런 거예요. 조금 더 깊이 들어가봅시다. 이탈리아 학자들이 이것을 처음 발견했습니다. 원숭이에게 자석침을 놓고 그걸 컴퓨터에 연결했어요. 원숭이 뇌가 자극을 받으면 뇌파의 움직임을 바로 볼 수 있도록 만든 거죠. 그러다가 밤중에 원숭이를 지켜보던 사람이 물건을 떨어뜨렸어요. 그걸 잡으려는데 원숭이 뇌파가 막 움직이는 거예요. 우연인가 싶어서 또 잡는 시늉을 하면 또 움직여요. 잡는 건 난데 왜 원숭이의 뇌가 움직이는 걸까? 물건을 잡는 내 뇌 속의 뇌파가 움직이는 것은 당연한데 물건을 집지도 않는 원숭이 뇌에는 왜 자극이 일어나는 걸까? 이상하다. 그렇게 해서 발견한 것이 원숭이 뇌 속에는 미러 시냅스가 있다는 거였어요.

자, 이게 얼마나 중요한 발견인가 봅시다. 오늘날 전 세계는 시장경제 원리로 움직이고 있습니다. 치열한 경쟁에서 이기는 자가 있고 지는 자가 있습니다. 승자와 패자. 밝음과 어둠. 승리와 패배. 경쟁에 의해서 오늘날 전 세계는 실패한 자들과 승리한 자들로 갈려 있습니다. 한쪽이 울면 한쪽이 웃고, 한쪽이 만세를 부르면 한쪽이 통곡하는 그러한 경쟁 사회의 가혹한 세계 속에서 우리는 살고 있습니다. 그래서 이 자본주의라는 말 자체, 시장경제 원리라는 말 자체를 부정적으로 사용하거나, 이런 시장경제 원리를 나쁜 것으로 생각하는 사람들이 많았죠. 바로 여기에 중대한 오해가 있습니다. 근대화 과

•

정에서 우리가 다섯 개의 키워드로 배워온 것처럼, 시장경제 원리도 그들로부터 배운 것입니다.

우리는 솔직히 경쟁을 했지만 그렇게 치열한 경쟁 사회는 아니었어요. 조금 경쟁하다가 질 것 같으면 돌아갈 전원이 있었죠. 벼슬 때문에 나가 싸우다가도 늙고 병든 몸을 핑계 대며 고향으로 돌아가 살겠습니다, 했습니다. 끝까지 추적하고 끝까지 쫓아와서 끝장을 보는 그 가혹한 현실. 근대화 이전 한국 사회에서는 없었던 일입니다.

역시 원숭이, 사과, 바나나, 기차, 그리고 비행기. 우리에게 없었던 것들이 외국을 통해서 개화 100년 동안 들어왔어요. 그것이 우리 가족을 바꿨고, 우리 사회를 바꿨고, 이제는 그것이 우리 것이 되어서, 남의 것이 아니라 완전히 우리 것이 되어서 오늘날 우리가 그러한 경쟁 사회에서 살고 있게 된 것이죠.

그런데 원숭이 엉덩이가 아니라 한 발짝 더 나아가 원숭이 머릿속에 있는 미러 시냅스를 보면 모든 문제가 풀리고 새로운 길이 보입니다. 왜? 애덤 스미스는 보이지 않는 손에 시장을 맡기면 서로 치열한 경쟁을 해서 보이지 않는 손이, 신의 손이라고도 해도 좋습니다. 시장 원리라고 하는 보이지 않는 손이 모든 걸 해결할 거라고 했어요. 임의적으로 무언가를 하지 않아도 시장에 맡기면 서로 경쟁하고 투쟁하는 가운데 질서가 생길 거라고 본 것이지요. 그런데 이거 다 오해입니다.
애덤 스미스는 그렇게 말하지 않았어요. 왜? 애덤 스미스는 《국부론》을 쓰기 전에 《모럴 센티멘트》라는 책을 발간했어요. 죽을 때 마지막 개정판을 본 것도 《국부론》이 아닌 《모럴 센티멘트》였습니다. 도덕적 감성, 도덕적 정감이란 의미이지요. 인간이 자신이 타고난 미러 시냅스를 아직 몰랐을 때입니다. 하지만 《국부론》을 쓴 애덤 스미스는 알았어요. 인간은, 아무리 나쁜 사람이라도 타고나기를 남이 아프면, 남이 찡그리고 울면 자기도 모르게 얼굴로 따라서 자기도 울고 자기도 아픔을 느낀다는 겁니다. 그렇기 때문에 이 모럴 센티멘트가 있으면, 서로 공유하고 공감하고 누가 시키지 않아도 남의 아픔을 내 아픔으로 느끼는 그런 마음이 있으면 시장 원리의 보이지 않는 손에 맡겨도 이겼다고 다 먹고, 졌다고 다 지배하는 그런 가혹한 현실이 아니라 인간의 도덕을 바탕으로, 모럴 센티멘트를 바탕으로 무한경쟁 무한약탈이 아닌 하나의 질서

•

있는 시장을 만들어낼 수 있다고 본 것이죠. 모럴 센티멘트의 견제가 없는 보이지 않는 손, 경쟁 사회는 지옥입니다.

원숭이 엉덩이만 알고 있다가 이제는 중요한 키워드로 원숭이의 미러 시냅스, 그게 바로 우리에게도 있다는 것을 알게 되었어요. 어질 인 자를 써보세요. 사람 인 자를 써놓고 두 이 자를 썼어요. 너와 나, 사람은 혼자가 아니에요. 너와 나 사이에 있는 것이 어질 인 자예요. 나는 우리가 이 '어질다'라는 말을 가지고 있다는 걸 참 자랑스럽게 생각합니다. 중국어로 어질 인 자는 그냥 사람 인 자하고 구별이 안 돼요. 그냥 인이에요, 인. 우리만이 사람이라는 말과 어질다라는 말을 구별합니다. 일본 사람? 어질 인에 가까운 말도 없어요.

어질다. 어질다는 말, 바보 같죠? 어질다. "쟤는 어진 사람이야." 그럼 '쟤는 착해. 바보 같아' 그런 뜻이죠, 나쁘게 말하면요. 어질다. 그게 미러 시냅스예요. 길을 가는데 어린아이가 울고 있어요. 그냥 지나갈 수 없어요. "너 왜 울어? 엄마 어디 갔어?" 하고 묻습니다. 특별히 도덕적이라 그러는 게 아니에요. 어진 마음이 있어서 그런 거예요. 공자도 어질 인 자에 대해 어떤 해설도 내리지 않았어요. 다만 이렇게 말했지요. 이런 이야기를 듣고 어찌 어질다고 하지 않겠는가, 어찌 어질다고 말하겠는가. 이렇게 부정적인 사례나 긍정적인 사례를 들어서 어질다, 어질지 않다, 라고 얘기했어요.

《논어》를 아무리 읽어도 어질 인 자에 대한 정확한 정의는 나오지 않아요. 그만큼 어질 인 자는 대단히 어려워요. 그런데 이 글자는 씨 인이라고도 해요. 도덕과는 관련 없는 씨, 라는 뜻이에요. 복숭아 씨를 도인桃仁이라고 합니다. 복숭아 도 자, 씨 인 자를 쓴 것이죠. 도덕과는 아무런 관계도 없죠? 공자 맹자와 아무런 관계도 없죠? 정말 그럴까요?

돌멩이를 흙에다 심어보세요. 싹이 안 나요. 씨를 돌바닥에 심어보세요. 싹이 안 나요. 흙 속에다 씨를 심으면 서로 교류하면서 씨에서 싹이 나죠. 기막힌 얘기 아니에요? 어질 인이 뭐냐. 씨를 흙에다 심는 거예요. 어진 마음이 없으면 아무리 그 사람한테 호소하고 슬픈 얘기를 해도, 고통을 얘기해도 소 귀에 경 읽기예요. 그런데 정말 착한 사람 앞에서 "나 이렇게 됐어"라고 말하면 자기 일처럼 같이 눈물 흘려주고, 그 고통을 나눠요. 자기 밥그릇도 작지만 그걸 나눠 먹으려고 해요.

뇌에 이상이 오면 전신이 마비됩니다. 그걸 불인不仁, 아니불 자에 어질 인, 인하지 않다, 라고 해요. 도덕적으로 병이 난 거예요. 누군가를 잡으면 그 손의 따스한 온기가 나에게 옮겨옵니다. 그의 손이 차갑다면 내 손도 차갑게 느껴질 겁니다. 그런데 뇌에 충격을 받아서 반신불수가 되면 한쪽 손이 다른쪽 손하고 달리 느껴집니다. 이게 불인이에요. 그래서 이 병을 불인병不仁病이라고 그래요. 뇌졸중으로 걸리는 병을 불인병이라고 그래요. 도덕적으로 잘못됐다는 얘기가 아니에요. 육체가 다른 육체를 느낄 수 있는 교감신경이 없다는 걸 의미하지요.

참 먼 길을 돌아왔네요. 내가 여러분들과 헤어지는 인사말 '잘 있어'라는 말, '잘 가'라고 하는 그 '잘'이라는 말. 영어로 웰다잉well-dying, 웰 에이징well-aging 등 우리가 흔히 잘 쓰는 '웰'이라는 말, 그게 바로 잘 있어, 잘 가 할 때의 '잘'입니다. 그게 바로 어질 인이죠. 이게 있으면 잘 있고 잘 가게 되는 겁니다. 떠나도 그와 있었던 사람들을 생각할 것이고, 잘 있으면 떠나간 사람을 마치 곁에 있는 사람처럼 느낄 수 있을 겁니다. 그게 잘 있어, 잘 가입니다.

내가 없는 세상의 새로운 이야기

다섯 가지 키워드들, 원숭이 하나를 이야기하는데 내가 얼마나 많은 시간을 들였습니까? 사과 얘기, 바나나 얘기, 기차 얘기, 그리고 비행기와 백두산 이야기를 하다 시간을 다 보내는 거 아니냐고 생각했을 거예요. 아닙니다. 우리가 어렸을 때 불렀던 원숭이 엉덩이는 빨개, 하는 그 노래가 백두산까지 오는 하나의 중요한 테마였다면 여러분들과 헤어질 때의 새로운 키워드도 역시 원숭이에서 백두산까지의 이야기가 테마가 됩니다.

원숭이와 백두산. 우리에게 없었던 것과 우리에게 있는 것.

우리가 백두산이 뭐고 원숭이는 뭐냐 얘기하면서 지난 100년을 이야기했듯, 내가 없는 세상의 100년을 살아갈 키워드 같은 노래가 내가 모르는 저 후손들의 입에서, 놀이터에서, 시골 마당에서 불릴 겁니다. 어린아이들이 내가 어렸을 때 부른 것처럼 원숭이 엉덩이는 빨개와 또 다른 노래를 부르고 있을 겁니다. 그게 뭘까 궁금하지 않나요?
그 해답으로 나는 원숭이 엉덩이 노래가 아니라 원숭이 머릿속에 있는 미러 시냅스라는 과학적인 이야기를 꺼냈습니다. 도덕적인 이야기, 법적인 이야기 어떤 것을 끌어내도, 과학으로 얘기하든 법적으로 얘기하든, 사회나 상징적인 얘기를 하든 어질 인으로 해석되는 과학, 도덕, 철학, 법, 사회 제도 다 포함되어 있다는 거죠, 그 속에.
내가 여기서 여러분 잘 있으세요, 잘 가세요, 라고 헤어지는 말을 해도 여러분은 스스로 앞으로 공유할 수 있는, 내가 없는 세상에서 중요한 말들을, 어린아이들이 부를 수 있는 그 말을 이미 마음속에 갖게 되었을 겁니다. 자, 실제로 이걸 응용해서 생각해볼까요?
원숭이가 뭐가 됐죠? 백두산이 됐어요. 백두산이 뻗어내려

•

반도 삼천리로 이어졌습니다. 그때 백두산에는 다른 말이 있어요. 반도 삼천리가 됐습니다. 그러니까 백두산 저쪽은, 만주 쪽이죠. 백두산 뻗어내려 삼천리, 이것이 조선 땅, 우리가 살고 있는 한반도예요. 백두산과 반도라는 말은 같은 말입니다. 그러면 원숭이가 백두산이 되기까지, 남의 것이 비로소 내 땅 백두산으로 끝을 맺기까지 그 백두산과 반도가 앞으로 오는 100년에는 어떤 키워드로 바뀔까요? 원숭이 엉덩이가 백두산 삼천리에서 어떻게 앞으로 뻗어내려서 우리들의 노래가 될까요?

그 답을 알려면 반도라는 말이 뭔지 알아야 됩니다. 반도, 반은 섬이에요. 이 세상은 대륙과 섬으로 되어 있습니다. 대륙 땅이 이어져 있는 중국, 러시아, 유라시아 대륙이 있죠. 해양세력으로 오면 저 바이킹 때부터 섬들이 쫙 있어요. 콜럼버스가 미국 대륙을 발견한 그 배를 타고 세계로 뻗어간 사람들, 말을 타고 세계를 지배한 사람들이 있어요. 말 탄 사람과 배 탄 사람들이 하나는 대륙을 지배했고 하나는 바다를 지배했어요. 반도는 뭐예요? 말 탄 사람이에요, 배 탄 사람이에요? 대륙은 말 탄 사람들이 지배했고, 바다는 배 탄 사람들이 지배했다면, 반도는 반은 섬이고 반은 대륙이기 때문에 말도 타고 배도 타는 사람입니다. 벌써 해답이 나왔죠?

말 탄 사람하고 배 탄 사람이 싸워요. 우리는 말 탄 사람 쪽 편을 들어야 할까요, 배 탄 사람 쪽을 편을 들어야 할까요? 아니죠. 야, 싸우지 마. 야, 말 타고 배 타는 거 다른 거 아니야. 우리는 두 개 다 타. 반도잖아. 우리는 해양 세력과 대륙 세력과 어울려. 말 탄 사람과 배 탄 사람은 적이 아니야. 우리를 봐. 말 탄 사람, 배 탄 사람이 함께 살잖아. 함께 살 수 있어. 대륙? 해양? 두 세력이 수만 년 동안 싸워왔는데 반도를 생각해봐. 말도 타고 배도 탈 수 있는 거야. 말 아니면 배, 배 아니면 말 아니야. 이렇게 중요한 것이 반도라는 이야기죠. 그런데 어떻게 됐어요? 역사 속에서는 반도를 인정하지 않아요. 대륙의 반도, 해양의 반도로 침입해서 반도성을 없애려고 한 것의 인류 문화의 역사예요.

인류 역사는 간단히 이야기하면 말 탄 사람과 배 탄 사람의 싸움이었다. 끝없는 경쟁, 무한경쟁, 무한투쟁이었다. 지금 봐라. 대륙을 상징하는 중국, 해양을 상징하는 미국. 항공모함 타고 오는 사람들, 말 타고 오는 육군 중심의 그런 대륙.

한국은 어떻게 되죠? 반도성을 인정해주지 않으면 대륙이 넌 내 거야, 해양이 너는 내 거야, 하면서 반도성을 두 갈등의, 경쟁의 트로피로 생각합니다. 이들은 반도를 손에 쥐는 것이 이기는 거라고 생각해요.

그래서 아주 옛날부터 오늘에 이르기까지 온전한 반도가 없었어요. 아시아에서는 우리 역사를 보면 알 수 있지요. 중국이 우리를 지배해왔지요. 말이 반도지 전부 대륙만 보고 생각했어요. 그다음에 근대화 100년은 뭐예요? 〈해에게서 소년에게〉의 최남선이 쓴 것처럼 일본이 우리를 지배하지 않았더라도 근대화 과정에서 중국 대륙만 바라보던 그 사상이 서양을 바라보게 되면서 서양의 해양 세력이 우리에게 들어옵니다.

오늘까지 우리가 밥줄이라도 잡고 살게 된 것은 바다를 알았기 때문이에요. 그래서 무역을 했고, 자원이 부족한 우리는 그들의 기술을 가져왔어요. 이렇게 해서 대륙 편에 섰던 한국이 해양 세력과 함께 들어온 다섯 가지 키워드, 다시 말해 원숭이, 사과, 바나나, 기차, 비행기, 다시 말해 문명이 들어와서, 해양 세력이 반도 속에 많이 들어와서 또 다른 해양성이 반도성을 지배했다는 거죠.

그런데 백두산 뻗어내려 반도 삼천리는 해양 세력도 아니고 대륙 세력도 아니에요. 삼천리의 삼이 뭐겠어요? 자, 중요한 키워드 삼. 서양은 대륙이냐 해양이냐, 말이냐 배냐 둘 중 하나를 선택하라고 말해요. 이것은 두 세력간의 싸움이에요. 이걸 뭐라고 그러죠? 고래 싸움. 반도는 새우예요. 양쪽에서 싸우면 중간에 낀 반도는, 바다와 대륙의 중간에 낀 반도는 새우 등이 터져요. 새우 등 터지는 역사였어요.

한국만이 아니에요. 세계지도를 펴놓고 보세요. 반도를 대륙화하느냐 해양화하느냐 하는 싸움 속에서 인류의 역사는 여기까지 왔습니다. 반도를 인정하지 않는 거죠. 그러니까 두 이二 자만 있는 이거냐 저거냐 하는 세계에서는 해양이냐 대륙이냐 시 파워sea power냐 랜드 파워land power냐 중 하나를 선택해야 합니다. 반도성을 살리는 것은 두 이, 2가 아니라 이항대립이 아니라 삼항순환이에요.

삼세판. 우리는 씨름을 하더라도 삼세판, 단군 신화를 보더라도 천지인 삼재 사상에다가 세 가지 신인 삼부인을 가지고 내려오잖아요. 그러니까 석 삼 자로 이루어지는 한국을 실제로 어린아이들이 게임으로, 원숭이 엉덩이는 빨개, 라고 노래 부

•

르던 아이들이 보여준 것이 가위바위보예요.

가위바위보. 주먹하고 보자기만 있으면 이건 어느 한쪽이 어느 한쪽을 먹는 거예요. 그런데 주먹도 아니고 보자기도 아니고, 해양도 아니고 대륙도 아니고, 반은 펴지고 반은 닫혀 있는, 이 가위가 있기 때문에 가위는 주먹한테 지고, 주먹은 보자기한테 지지만, 가위가 주먹을 이긴 보자기를 이기더라. 누구도 지는 사람 없이 돌아가는 거예요. 어떻게 도느냐에 따라 모두가 지는 자만 있고, 모두가 이기는 자만 있어요. 이렇게 도느냐 저렇게 도느냐에 따라 달라지지요. 그런데 놀랍게도 일본은 이기는 쪽으로 돌아요. 자, 가위는 주먹한테 져요. 그러면 주먹 세상이 되죠. 주먹은 보자기한테 져요. 그러면 보자기 세계가 되죠. 보자기는 가위한테 져요. 그러면 또 가위 세상이 됩니다. 그게 가위바위보예요.

지는 쪽으로 돌아볼까요. 봄은 여름한테 지고, 여름은 가을한테 지고, 가을은 겨울한테 지는 거예요. 그래야 계절이 돌아요. 아버지는 누구한테 져요? 아들한테 져야 돼요. 아버지가 아들을 이겨봐요. 끝나요, 끝나. 할아버지가 아버지한테 이기고, 아버지가 아들한테 이겨보세요. 할아버지는 아버지한테,

아버지는 또 아들한테 져야 해요. 그렇게 해서 세대로 세대로 이어져 오늘날 말하는 8070이 3020한테 져서 3020이 살아나야 되는데, 8070이 또는 4050이 3020을 이기는 날에는 한국이 끝나는 거예요. 3020, 대단한 거 아니에요. 잘난 거 없어요. 젊다고 잘났나요? 그게 아니에요. 잘났든 못났든 계속 이어가려면 3020한테 져줘야 되는데 거꾸로 3020을 윗세대들이 이기고 3020이 설 자리가 없어지면 지금 아무리 흥하더라도 한국은, 내일의 한국은 사망하는 거예요.

그래서 가위바위보가 돼야 한다는 거예요. 주먹이 아무리 세도 이게 나오면 지는 주먹이 되고, 주먹이 아무리 약해도 저것이 나오면 이기는 주먹이 되듯이, 각자 강점과 약점을 가지고 있기 때문에 서로의 약점을 굴려서 좋은 쪽으로 돌아가야 해요. 이런 일이 무역 관계나 모든 것에서 이뤄져보세요. 중국하고 한국? 중국이 져요. 우리가 흑자를 내요, 그 거대한 나라한테. 그런데 우리는 일본한테 져요. 일본이 흑자가 나요. 그러면 일본이 최고여야 되잖아요? 그런데 일본은 중국한테 져요. 적자가 나요. 이 말을 다른 말로 바꾸면 우리는 중국한테 흑자가 나고, 일본은 우리한테 흑자가 나고, 중국은 일본한테 흑자가 나니까 모두가 흑자로 돌 수 있어요. 반대로 돌면 모두가 적자이지만요.

여기까지만 해도 말 다 한 겁니다. 우리가 소리 높여 우리의 소원은 통일, 이라고 하지요. 반도 삼천리가 반 토막 나서 한쪽은 대륙처럼 되고 한쪽은 바다처럼 됐는데, 우리가 통일하는 것은, 삼천리가 하나된다는 것은 민족 통일 한반도 삼천리의 통일을 의미하는 것만이 아니라 대륙 세력과 반도 세력이 반도성을 회복한다는 얘기입니다. 반도를 없애는 역사에서 반도성을 다시 인정하고 회복하는 역사가 된다는 거예요.

우리가 통일이 안 되고 반도성을 회복하지 못하면 대륙 세력과 해양 세력은 한국 땅을 중심으로 엄청나게 큰 갈등을 빚을 거예요. 우리가 통일되고 반도가 돼서 반도 속에서 살면 중국, 일본, 미국, 러시아, 영국 사람들이 우리가 반도성을 회복했듯 반도성을 회복하면서 말 탄 사람 배 탄 사람이 같은 반도적 기질을 가지고 어울려 살 게 될 거라는 얘기죠.

내가 없는 세상에서 통일의 염원이라고 하는 것은 반도성의 회복을 의미하는 것이고, 반도성의 회복이 의미하는 것은 인류 역사상 끝없이 반도성을 죽여왔던 그 역사가 반도성을 살리는 역사로 급전환해서 처음으로 전쟁이 아닌 평화, 서로의 갈등이 아니라 화합과 융합, 이런 것들을 인류가 엮어 나가는, 새로운 정치 경제 사회의 패러다임으로 바꾸는 것을 의미합니다.
어떻습니까. 원숭이 엉덩이로 시작해서 백두산으로 끝난 그 이야기가, 백두산으로 이어져오면서 분단된 한국이 다시 반도성을 회복해서 반도 삼천리가 되는 날, 두 이 자가 아니라 해양과 대륙 둘 중 어느 것이냐 하는 싸움이 아니라 삼항순환으로, 가위바위보처럼 돌아가는, 좀 어려운 말로 이항대립이 삼항순환으로 옮겨가면, 이거냐 저거냐 하고 어느 한쪽을 죽여야 어느 한쪽이 사는 그런 관계가 네가 살아야 내가 살고 내가 살아야 네가 산다는 윈윈으로 가서 삼항순환하게 될 때, 이항대립이 삼항순환으로 가게 될 때, 이항대립이 삼항순환으로 옮겨갈 때 삼천리는, 삼천만 한국인은 반도성을 회복하게 되고, 전 세계가 이항대립에서 삼항순환의 가위바위보 같은 세계로 재편성됩니다.
이것이 원숭이 엉덩이에서 백두산으로 넘어오는 백두산의 중요한 키워드예요. 미래의, 내가 없는 세상의 새로운 노래 중

•

한 대목으로서 떠오르는 그것이 바로 융합하고 결합해서 순환하는 가위바위보 같은 세계를 만들어야 된다는 것입니다.

그런데 결과는 어떻습니까? 그런 노래를 우리가 만들었을까요? 반도 삼천리, 이 통일의 노래, 민족 통일만이 아니라 세계의 반도성 회복에 대한 인식을 우리가 가지고 있을까요? 그 노래가 어린아이들 입에서 자연스럽게 흘러나올 정도로 집합지, 한 사람이 아닌 모든 사람이 마음속에서 공유하고 공감하는 그러한 문화의 언어로 자리매김했을까요? 아니죠.

앞서도 이야기했지만, 내가 젊었을 때 속을 부글부글 타오르게 하던 시조가 하나 있었어요. 바로 장만 장군의 시조입니다. 장만이 누굽니까? 인조반정 때 팔도를 다스리던 팔도 도원수였어요. 원래는 문관인데 장군이 된, 문무를 겸비한 사람이에요. 이런 사람 입에서 나온 시조가 젊은이의 마음을 불타게 만들고 땅을 치게 만들었어요. 바로 잘 알려진 〈풍파에 놀란 사공〉입니다.

놀랍죠? 사공이 풍파를 두려워한다? 끝난 거죠. 사공은 끝없이 풍파와 싸우는 사람입니다. 어떤 바람이 불고 어떤 쓰나미가 와도 끄떡없는 배를 만들려고 한 것이 해양 세력이 지금까지 이뤄온 역사의 발전인데, 우리는 어때요? 반도 사람도 배를 타야 되는데 배를 포기했어요. 그래서 사공이 배를 팔았어요. 끝난 일이지요. 사공이 배를 팔았어요. 패배자예요. 그러곤 말을 샀어요. 반도니까 배 타는 사람이 말 타는 사람이 됐어요. 그런데 "구절양장 꼬불꼬불한 고갯길이 물도곤 어렵더라." 마부가 돼 가지고 말을 끌고 가는데 말이 벼랑으로 떨어질 거 같더라. 무섭더라.

풍랑을 두려워하는 사공. 구절양장을 두려워하는 마부. 세상에 두렵지 않은 게 어디 있어요. 베개는 두렵지 않아요? 죽을 때 다들 베개 베고 죽습니다. 무서워서 베개는 어떻게 베요? 이런 민족이라면, 풍랑이 무서워서 배를 팔고, 구절양장 언덕 험한 길이 위험해서 말을 파는 민족이라면 어떻게 먹고살아요? 어떻게 살아요? 말 탄 사람 배 탄 사람의 침략 속에서. 그래서 나라 잃고 형제 잃고 내 자식까지도 잃어버리는 그런 억울한 역사의 희생양으로 살아온 거 아닌가요?

20대의 젊음으로 분노하고 주먹을 쥐었던 시가 바로 이거예요. 결론이 뭐였어요? 배도 말고 말도 말고. 해양 세력 대륙 세력 다 싫어. 배 탄 사람 싫어. 말 탄 사람 싫어. 배도 말도 지겨워. 밭 갈기만 할래. 흙이나 파먹을래. 지금도 그렇잖아요. 아이고, 세상 다 귀찮아. 시골에 가서 흙이나 파먹고 살래. 흙이나 파먹고 살래.

그 흙은 어디 있어요? 파먹을 흙은 어디 있어요? 가물어보세요. 홍수 나보세요. 흙이 어디 있어요? 밭이 어디 있어요? 홍수와 가뭄으로 먹을 것이 없어서, 뿌릴 씨는 먹을 수 없으니 어깨에 짊어지고 어린애는 등에 업고 남쪽으로 먹을 것을 찾아가다가 길거리에서 쓰러져 죽어요. 쓰러져 죽은 할머니 등에는 어린애가 업혀 있고, 손에는 씨앗이 들려 있었다. 이게 중국 역사의 비극이에요. 오늘날 중국 지도자들은 이런 과거를 가지고 있어요. 오늘날 세계의 화상들도 다 마찬가지예요. 실패자, 농업에 실패한 자들이에요.

자, 밭 갈기도 못 하면 어떻게 하죠? 마음의 밭을 간다고 했어요. 말 탄 사람 배 탄 사람들이 우리 흙은 지배할 수 있지만, 우리 마음은 지배하지 못한다는 거죠. 중국 대륙의 영웅 칭기즈칸, 유럽의 영웅 나폴레옹, 그리고 알렉산더 대왕, 전부 말 탄 사람이지요. 위대한 사람들이지만 뭘 못 죽였어요? 밭을 갈고 있는 사람은 죽일 수 있지만 마음의 밭을 갈고 있는 철학자나 시인, 생각하는 사람, 지식인은 못 죽였어요. 소크라테스, 플라톤은 못 죽였어요. 여러분이 잘 알다시피 아르키메데스, 군사가 와서 찔러 죽였어요. 그러나 그 군사의 세력은 지금 흔적도 없지만 아르키메데스의 원리는 지금도 살아 있습니다.

마음의 밭을 갈자. 마음의 밭을 갈자. 우리가 그 많은 세력에게, 말 탄 사람 배 탄 사람에게 우리가 지배받고 모든 것을 빼앗겼지만, 한국인의 마음속에 들어 있던 그야말로 버려둬, 의 정신. 내가 늘 장난삼아서 하는 얘기가 있어요. 한국의 5G는 버려두는 거다. 누룽지, 묵은지, 우거지, 콩비지, 짠지. 이게 먹는 데만 있는 게 아니라 우리의 정신세계에도 버려둬 철학이 자리 잡고 있어요. 개화기 때 버려둬라고 했던, 어질 인 자, 한국인의 독특한 정 문화 이런 것들이 우리 마음의 밭을 가는 미래 경쟁력이 돼요.

말 탄 사람 배 탄 사람이 못 해내는 반도성을 회복하는 데 있어서 가장 중요한, 애덤 스미스가 얘기한 모럴 센티멘털이 마음속에 생기는 거예요. 겉으로 보기에는 칼 가진 사람, 미사일 가진 사람이 강해 보이지만 소크라테스, 플라톤, 퇴계, 칸트, 헤겔, 이런 사람들이 인간을 인간이게끔 하고, 인간의 역사를 짐승의 역사와 다르게 했어요. 하나의 가치와 의미와 정의를 만들어내면서 인류의 역사는 발달했어요. 하나의 큰 의미에서 인류의 역사는 어제보다는 오늘 더욱더 선하고 더욱더 정의롭고 더욱더 행복한 사회로 나아갔는데, 그건 말의 힘만 아니라 배의 힘만 아니라 마음의 밭을 가는 사람들이 있었기 때문입니다.

물론 마음의 밭을 간 게 한국 사람만은 아니죠. 외국 사람도 마찬가지입니다. 베토벤, 모차르트 다 소외된 사람이었어요. 오늘날 인문학 하는 사람이라든가 글 쓰는 사람이라든가 예술하는 사람이 바로 그런 사람들이죠. 지금 한국을 보면 반도체 같은 것이 세계적으로 큰 역할을 하는 듯하지만, 오늘날 우리가 세계에서 가장 강한 경쟁력을 보여주는 것은 정치 경제 사회 문화 중에서 마음의 밭을 가는 BTS, 말춤, 백남준입니다. 그중에서도 백남준의 예술은 남들이 버린 것을 가지고 재구성했죠. 옛날 아날로그 TV, 못 쓰는 저 흑색 TV로 거북이를 만들었죠.

종이비행기를 만들어 날리던 어린아이가 커서 사회 문화적 역할을 하면서 백남준과 친구가 돼서 백남준이 죽고 난 뒤에 후원회장이 되고 그 뒤를 밀어주었어요. 장화 신고 배 타고 들어가던 갯벌에 인천공항을 만들고, 새천년이 오자 인천의 학생들 200명에게 하얀 옷을 입혀서 아직 공항을 열기 전이었는데 활주로를 달리게 해서 새로운 천년 새로운 세계로 날아가는 것을 연출한 새천년준비위원장이 되었어요.

놀랍지 않나요? 떴다 떴다 비행기 하던 그 어린아이가 비행기를 만들고 타는 게 아니라 세계 1등 인천공항을 만드는 것을 돕고, 그리고 또 인천공항에 백남준의 거북이를 진열함으로써 1년 동안 그곳을 오가는 모든 사람이 백남준의 거북이를 보고 가게 했어요. 거북선일 수도 있는 거북이를 보고 가게 했어요. 자기 자랑을 하려는 게 아니라 종이비행기를 날리던 아이가 인천공항에 백남준의 버려둬 예술학 세계를, 비디오아트의 원조인 백남준의 작품을 전시하는 주역이 되었어요. 내 머릿속 발상으로 그런 일을 했어요.

100년 동안 살아온 내가, 앞으로 100년 동안 살아갈 어린아이들이 부르게 될 키워드 하나, 중요한 낱말 중에 하나를 꼽으면 '버려둬'입니다. 내가 살았던 시대의 가장 소중한 다섯 가지 키워드 속에서 잃어버렸던 그것이 그냥 버려지지 않고, 마치 누룽지처럼 묵은지처럼 우거지처럼 버려두었던 것이 우리 식탁에 올라올 새로운 메뉴로서 21세기, 앞으로 100년을 끌어갈 새로운 언어가 될 것입니다. 그것을 우리가 함께 경험하자는 것입니다. 내가 다 말하지 않아도 여러분의 가슴속에 미래의 어린아이가 어떤 노래를 부를지 어렴풋하게 떠오를 겁니다. 우리가 새로 만들어낼 중요한 단어들이 무엇일지 짐작이 갈 겁니다.

잘 있으세요, 여러분 잘 있어요

이번에 그 혹독한 경험을 했던 코로나19 이야기를 해볼까요. 대륙 쪽 중국이 발상지로 아시아에서 세계로 번져갔어요. 그래서 새로운 황화. 일본 사람이든 중국 사람이든 한국 사람이든 덩달아 숨어들 곳이 없는 코로나 시대에 또 한 번 아시아의 황화놈이 등장합니다. 단지 얼굴이 노랗다는 그 애꿎은 이유 하나로 우리는 억울하게도 이 대명천지에 인종적 차별을 받는, 옛날 역사책에서나 보던 그러한 일을 경험했습니다.

그러나 이것은 기회입니다. 이것이 내 결론입니다. 코로나에 의해서 온 인류가 후진국이든 선진국이든, 백인이든 황인이든 인간이 쌓아올린 근대 말년의 역사, 농경 사회, 산업 사회, 정보 사회, 인간이 쌓아 올린 그 모든 문명이 하루아침에 무너지는 것을 우리는 봤습니다. 작은 바이러스 하나가 신의 경지에 다다랐다는 인간의 문화를 어떻게 처참하게 붕괴시키는지 봤습니다. 포스트코로나 시대에 코로나 위기를 겪은 사람들은 옛날식으로는 도저히 살아갈 수 없을 겁니다. 새 문명, 새로운 가치가 필요합니다. 또한 우리는 생명의 가치가 제일이라는 걸 알았습니다. 접속과 접촉이 함께 있어야 된다는 걸 알았습니다.

나는 코로나가 일어나기 전에 디지로그, 디지털의 접속과 아날로그의 접촉이 서로 어울려서 균형 있는 사회를 만드는 것이, 디지털 세계와 아날로그 세계가 서로 대립하거나 어느 한쪽이 어느 한쪽을 이항대립에서 치는 것이 아니라 어울려서 새롭게 제3의 가치를 만들어내는 것이 디지로그 문명이라고 말했습니다. 생명의 가치가 제일이 되는 시대, 생명이 자본이 되는 시대, 마음의 밭 속에 있는 생명의 가치가 어떤 물질적 가치보다도 세계의 모든 인간이 공유할 수 있는 하나의 키워드가 되는 세상. 생명. 쉽고 오래전부터 무심코 불러온 말이지만 비로소 생명이 뭔지를 코로나 시대를 겪어오면서 모든 사람이 느꼈습니다.
나의 가장 가까운 친구, 가장 가깝게 사랑하는 사람들에게 전화만 걸면 오늘 저녁에 가고 싶은 곳에서 서로 이야기를 주고받을 수 있던 일상의 사소한 행복들이 이렇게도 그립고 이렇게도 소중한가를 알고, 동시에 디지털이 없었으면 음식 하나도 배달시켜 먹을 수 없는 절해고도에서 살 뻔했다는 접속의 고마움을 동시에 느꼈습니다. 이 디지로그 시대는 그것을 바탕으로 증식하는 세계입니다. 돌덩이처럼 없어지는 것이 아니라 씨앗처럼 끝없이 생식해서 하나의 보리알이 열 개, 스무 개로 늘어나듯, 어떤 엔트로피가 증대해서 앞으로 계속 생식해서 늘어가는 것. 오늘보다는 내일 늘어가는 것. 생식되는, 불어가는 생명체가 증식하는 세계가 바로 생명자본이요, 우리의 밑천이 되는 세계입니다. 이것이 생명자본을 글로 썼고 이야기로 했고, 마지막에는 그러한 마음을 전달하는 눈물 한 방울, 옛날 트로트 한 곡 들으면서 젊은이들이 함께 눈물 흘려주는 눈물 한 방울의 교감입니다.
내가 여러 말을 만들었지만, 내가 만든 말 가운데 뒤의 어린

•

아이들이 부를만한 중요한 키워드가 될 수 있는 유산을 여러분들에게 남겨놓고 갑니다. 잘 있어라, 하는 '잘'은 디지로그의 생명자본, 눈물 한 방울입니다. 이걸 여러분에게 남겨놓고 가기 때문에 여러분이 잘 가, 하고 손 흔들 때 나는 미소를 지으며 잘 있어, 틀림없이 너희들은 잘 있을 거야, 잘 있어, 하고 떠날 수 있는 것입니다. 이별이 끝이 아니고 잘 있어, 잘 가, 라는 말이 마지막 인사말이 아니라는 것을 나는 확신합니다. 서로 헤어지는 인사말 속에 잘 있어, 잘 가, 라고 서로 웃으면서, 그리고 잘 가기를 원하고 잘 있기를 원하는 서로의 공감 속에서 죽음도 생명도 그것을 이길 수 있는 영원한 시간이 우리를 기다리고 있다는 것을 마음속으로 깊이 생각하게 됩니다.

여러분, 이것이 내가 헤어질 때와, 떠날 때의 인사말입니다. 나만의 인사말이 아니라 우리 모두가 떠날 때는 내가 남겨놓은 말과 똑같은 말을 다음에 올 세대를 위해서 마련하게 될 것입니다. 여러분, 그야말로 헤어지는 인사말을 제대로 해야 될 거 같습니다.

내가 헤어질 때와, 떠날 때의 인사말…

잘 있으세요. 여러분 잘 있어요.

작별

2022. 7. 22. 초 판 1쇄 인쇄
2022. 8. 05. 초 판 1쇄 발행

지은이 | 이어령
펴낸이 | 이종춘
펴낸곳 | BM (주)도서출판 성안당
주소 | 04032 서울시 마포구 양화로 127 첨단빌딩 3층(출판기획 R&D 센터)
10881 경기도 파주시 문발로 112 파주 출판 문화도시(제작 및 물류)
전화 | 02) 3142-0036
031) 950-6300
팩스 | 031) 955-0510
등록 | 1973. 2. 1. 제406-2005-000046호
출판사 홈페이지 | **www.cyber.co.kr**
ISBN | 978-89-315-5859-3 (03810)
정가 | 14,000원

이 책을 만든 사람들
책임 | 최옥현
기획 · 진행 | 백영희
교정 · 교열 | 허지혜
디자인 | 이승욱 지노디자인
홍보 | 김계향, 이보람, 유미나, 이준영
국제부 | 이선민, 조혜란, 권수경
마케팅 | 구본철, 차정욱, 오영일, 나진호, 강호묵
마케팅 지원 | 장상범, 박지연
제작 | 김유석

■ 도서 A/S 안내

성안당에서 발행하는 모든 도서는 저자와 출판사, 그리고 독자가 함께 만들어 나갑니다.
좋은 책을 펴내기 위해 많은 노력을 기울이고 있습니다. 혹시라도 내용상의 오류나 오탈자 등이 발견되면 "좋은 책은 나라의 보배"로서 우리 모두가 함께 만들어 간다는 마음으로 연락주시기 바랍니다. 수정 보완하여 더 나은 책이 되도록 최선을 다하겠습니다.
성안당은 늘 독자 여러분들의 소중한 의견을 기다리고 있습니다. 좋은 의견을 보내주시는 분께는 성안당 쇼핑몰의 포인트(3,000포인트)를 적립해 드립니다.

잘못 만들어진 책이나 부록 등이 파손된 경우에는 교환해 드립니다.